Volker W. Degener
Benni, der Fensterspringer

INHALT

„Blöd, dass Katrin noch nicht da ist“, sagt Oliver. „Hoch und heilig hat sie versprochen, sofort nach der Schule hierher zu düsen.“

Plötzlich knacken Äste, Hundegebell. Ein Schäferhund springt durchs Gebüsch. Er rennt direkt auf die drei Jungen zu, die ihn entgeistert ansehen. Sie ziehen sich hinter ihre Fahrräder zurück, gehen regelrecht in Deckung. Gerade noch rechtzeitig erscheint ein Mann, der den Hund zurückruft. Zum Glück gehorcht das Tier aufs Wort.

„Habt ihr irgendetwas Auffälliges gesehen?“, fragt der Mann, der ziemlich außer Puste geraten ist.

„Wir? Nöö –“

Die Antwort ist einstimmig. Nick, Thomas und Oliver müssen erst noch mit ihrem Schreck fertig werden. Der Mann bleibt vor ihnen stehen. – „Gar nichts?“

„Was sollte hier denn auffällig sein?“, fragt Oliver.

„Na ja, vielleicht ist hier ein junger Typ mit einer Tasche vorbeigekommen“, sagt der Mann.

„Nöö – wirklich nicht. Kam keiner vorbei.“

„Ein Mann in Jeans und Lederjacke, ungefähr zwanzig Jahre alt. Nichts dergleichen?“

Die drei Jungen schütteln die Köpfe. Der Hund zieht plötzlich wie wild an seiner Leine. Er will unbedingt weiter, aber der Mann bleibt noch stehen.

„Wer sind Sie denn überhaupt?“, will Nick wissen, der am weitesten von dem Mann entfernt steht.

Der Mann greift in seine Jacke, legt einen Arm um den Hals des Hundes und stülpt ihm einen ledernen Maulkorb über, wobei der Hund seinen Kopf enttäuscht hin und her schüttelt. Bevor er antwortet, wirft der Mann einen prüfenden Blick über das Parkgelände.
„Ich bin von der Polizei", sagt er. „Vorhin hat ein Unbekannter einem Mädchen die Handtasche entrissen und ist in dieser Richtung abgehauen. Das Mädchen hat sich noch zur Wehr gesetzt, hat sich sogar leicht verletzt, aber es nutzte nichts."
„Den hätten wir bestimmt gesehen", erklärt Oliver.
„Leider nun schon der dritte Fall, und immer in der Mittagszeit."
„Wir haben echt niemanden gesehen", sagt Nick.
„Oder gehört", ergänzt Oliver.
„Was macht ihr denn hier?"
„Wir warten hier auf gefährliche Gangster und die Polizei!" Das war Nicks blitzschnelle Antwort. Er lächelt den Polizisten süßsauer an.
„Nein, nein, alles ganz harmlos", beeilt sich Thomas zu erklären. „Das hier ist unser Treffpunkt nach der Schule."
„Welche Schule?"
„Einstein-Gesamtschule."
„Klasse?"
„Ist das jetzt ein Verhör?", will Nick wissen.
„Achte Klasse", erklärt Thomas.
„Hm", brummt der Polizist, der sichtlich unzufrieden ist.
„Dann seid ihr so ungefähr zwölf, dreizehn. Stimmt's?"
„Ja, ungefähr", meint Thomas.
„In dem Alter sollte man wissen, dass das Radfahren im Park verboten ist."

„Ach, nee ..." Nick wirft einen Hilfe suchenden Blick zum Himmel und brummelt etwas vor sich hin.
„Sie sehen's ja, wir fahren doch gar nicht", wirft Oliver ein.
„Einverstanden. War auch nur ein kleiner Scherz. Haltet mal die Augen auf. Ungefähr zwanzig Jahre alt, Lederjacke und Jeans. Kann auch sein, dass er die geklaute Tasche irgendwo in die Büsche geworfen hat. Er ist nur auf Geld aus, alles andere schmeißt er weg."
Der Polizist und sein Hund gehen weiter. Sie benutzen einen Trampelpfad, der zu einem Unterstand mit Strohdach und drei Bänken sowie einer Ansammlung von leeren Bierdosen führt. Das Tier zieht wieder wie wild.
„Astreine Sauerei", meint Thomas, der bisher am wenigsten gesagt hat. „Wenn man einem Mädchen die Tasche mopst, mit Gewalt, das ist doch eine astreine Sauerei."
„Es gibt Menschen, die fallen nach so einem Überfall vor lauter Aufregung tot um", behauptet Oliver und dreht auf dem roten Schotter eine Runde. Er wagt nicht, voll in die Pedale zu treten.
„Glaub ich nicht. Erinnert euch, darüber haben wir schon mal in der Schule gesprochen", sagt Nick. „So was erfinden die Zeitungen, damit sich ihre Leser voller Schauder schütteln. Dahinter steckt die Absicht, die Auflage der Zeitungen zu erhöhen."
Die drei sehen dem Polizisten nach, der mit seinem Diensthund an einer Nussbaumhecke vorbeizieht. Hinter der Hecke ist ein Polizeiauto zu erkennen, das langsam die Alleestraße entlangfährt.
„Alles vergebens. Der Typ ist doch längst über alle Berge", stellt Nick fest. „Und die Katrin kannst du auch vergessen. Totale Pleite, Olli."

Oliver scheint Nicks bissige Bemerkung gar nicht mitbekommen zu haben. – Sie schieben ihre Räder in Richtung Alleestraße, dann schwingen sie sich, als die Luft rein ist, auf die Sättel und radeln los.
„Da fällt mir ein", sagt Oliver plötzlich, während er langsam weiterfährt, „meine Oma kommt auch manchmal hier vorbei. Wenn sie auf dem Wochenmarkt einkauft."
„Wann denn? So gegen Mittag?"
„Genau. Sie meint nämlich, dann könnte sie besonders günstig einkaufen. Weil die Preise sinken, bevor die Händler Schluss machen. Das glaubt sie jedenfalls."
„Also", stellt Thomas messerscharf fest, wobei seine Stimme einen spöttischen Klang bekommt, „dann ist sie bestimmt als Nächste dran."
„Wieso? Wie meinst du das, Thommy?"
„Das nächste Opfer dürfte deine Oma sein", verkündet Thomas betont sachlich. „Immerhin steht sie dann mal in der Zeitung."
Oliver steigt in die Bremsen und sieht ihn entgeistert an. Nick und Thomas bleiben erst nach fünf Metern stehen.
„Lass bloß die Witze! Für die alte Frau wäre das wirklich zu viel!"
„Olli, du kannst ja ihren persönlichen Schutz übernehmen", wirft Nick nun ein und grinst Oliver herausfordernd an.
„Ausgerechnet ich! Dafür ist die Polizei da. Schließlich werden die Bullen von unseren Steuern bezahlt."
„Du siehst doch, die Bullen schaffen es nicht."
„So was ist doch kinderleicht", erklärt Nick, der immer noch ein leichtes Grinsen im Gesicht hat. „Legst dir einen scharfen Hund zu, versteckst dich hier in den Büschen und packst den Handtaschenräuber *in flagranti*. So einfach ist das."

„*In flagranti!* Ihr wollt mich bloß veräppeln“, schimpft Oliver drauflos.
„Also traust du dir nicht zu, den Kerl kaltzustellen.“
„Du lässt deine Oma einfach ins Unglück laufen?“, fragt Thomas unschuldsvoll und kneift Nick ein Auge zu.
„Wenn man solche Ganoven packen will“, wehrt sich Oliver und zieht seine Stirn kraus, „dann muss man sich was Besonderes ausdenken. Intelligent und einfallsreich muss man sein, die Leute richtiggehend überrumpeln. Anders geht's nun mal nicht.“
„Genau!“, sagt Nick und tritt in die Pedale.

„Oma, wann sind eigentlich bei uns Markttage?“, fragt Oliver möglichst unauffällig.
„Zweimal in der Woche. Willst du für mich einkaufen gehen? Ich glaube, das schaffe ich noch allein.“
Oliver betrachtet die alte Frau, wie jemand, der ihre Körperkräfte abschätzen will. Im Laufe der Jahre ist sie immer kleiner geworden, immer zarter. Ihr Oberkörper neigt sich schon nach vorn, und ihr faltenreiches Gesicht hat eine gelbliche Färbung bekommen. Für Oliver sieht sie manchmal wie ein weises Indianerweib aus. Sie erinnert ihn dann an Gestalten aus Indianerbüchern, seiner Lieblingslektüre in früheren Jahren.
„Nun sag schon. Wann gehst du zum Markt?“
„Dienstags und freitags.“
„Übermorgen ist Freitag.“
„Selbstverständlich. Und wenn's mir so einigermaßen geht, werde ich dort einkaufen, mein Junge.“
„Aber das ist gefährlich! Viel zu gefährlich für dich.“
„Das Einkaufen?“

„Ja, ich erklär's dir. Im Park haben wir nämlich einen Polizisten mit seinem Hund getroffen. Beide waren hinter einem Handtaschenräuber her. Auf einem Weg, den du auch benutzt. Besser, du gehst nicht allein los."
„Ach, mir tut niemand was."
„Oma, ich will dich nur warnen."
„Weißt du, mein Schmuck ist im Kleiderschrank und ich nehme nie viel Geld mit."
Von ihren jahrzehntelangen Gewohnheiten lässt sie sich einfach nicht mehr abbringen. Oliver wirft einen Blick auf seinen Stundenplan. Er überlegt. Ja, es könnte klappen. Ihm bleibt nichts anderes übrig.

Als sie den Park erreicht, hält sich Oliver fünfzig Meter hinter der alten Frau auf, während Nick und Thomas links und rechts von ihr durch das Gebüsch schleichen. Lautlos, immer bereit, sich tollkühn auf einen wie auch immer gearteten Räuber zu stürzen.
Auf dem Hinweg passiert nichts. Kein bösartiger, zwanzigjähriger Jeans- und Lederjackenträger lässt sich blicken. Ein paar Schulkinder kommen vorbei, einige Frauen, drei Rentner, ein Liebespaar. Die Jungen wünschen sich regelrecht einen Täter herbei, damit sie endlich losschlagen können.
„Jetzt lohnt es sich für den Ganoven doch nicht mehr", erklärt Thomas, und er sieht die beiden anderen bedeutungsvoll an. „Jetzt hat sie doch nur noch ein paar Groschen in der Tasche."
„Aber der Typ weiß doch gar nicht, wo Olivers Oma inzwischen schon gewesen ist", wirft Nick ein.
Nun befindet sich die gut bewachte Oma auf dem Rückweg. Sie geht langsamer als vorher. Ihr langer schwarzer Mantel

zieht sie fast zu Boden. Den Dreien tut die Oma schon leid, wie sie das Obst und Gemüse in ihrer Einkaufstasche schleppt. Sobald sie den Park verlässt, kommt Oliver rein zufällig vorbei und übernimmt den Taschentransport.
Nach einer Viertelstunde kehrt er zu seinen Freunden zurück.
„Diesmal hat's nicht geklappt. Aber beim nächsten Mal ganz bestimmt."
„Hat sie gemerkt, dass wir sie beschattet haben?", will Thomas wissen.
„Sie hat nichts gesagt. Wir waren einfach zu gut."
„Bis Dienstag vergehen drei Tage", rechnet Nick vor. „In der Zwischenzeit kann der Kerl wieder mal zuschlagen."
„Und wenn er gar nicht mehr kommt? Wenn der Kerl gemerkt hat, dass wir ihm auf der Spur sind?", denkt Thomas laut und versucht so erfahren wie ein waschechter Detektiv dreinzuschauen.
„Solange er Erfolg hat, kommt er bestimmt wieder", sagt Nick, und er lässt seinen Blick durch den Park schweifen, fast genauso wie vor ein paar Tagen der Polizist mit dem scharfen Schäferhund ...
„Also, ich werde meine Oma überreden, morgen zur gleichen Zeit einen Spaziergang zu machen. Klar, dass wir sie dann wieder beschatten."
„Hoffentlich klappt's." –
Am nächsten Tag regnet es. Bleigrauer Himmel und spinnwebfeiner Regen. Das ist kein Oma-Wetter. Trotzdem taucht sie in der Mittagszeit am Parkeingang auf. Sie hat sich unter einen schwarzen Regenschirm geduckt, den sie sehr stramm festhält. Die Pfützen umkurvt sie recht elegant. Thomas nähert sich ihr von der Seite.

„Hallo, Oma, pass auf, dass du deine Schuhe nicht verlierst. Und dein reizender Hut wackelt schon ganz aufgeregt."
Die Oma lässt sich nicht durcheinander bringen. Sie zieht den Hut noch tiefer in die Stirn und wandert unbeirrt durchs Parkgelände.
„Hau ab, sonst verrätst du alles!", zischt sie.
Thomas verzieht sich in die nassen Büsche. Nick stößt einen kurzen Pfiff aus. Der bedeutet: Alles klar! Die Aktion kann beginnen.
Omas Mantel riecht sehr eigenartig. Diesen Geruch hat Oliver nie so stark wie jetzt wahrgenommen. Nicht unangenehm, aber auch nicht angenehm. Veilchenduft und etwas, das wie Kölnisch Wasser riecht, sich aber letztlich nicht genau ergründen lässt.
Endlich macht der Regen eine Pause. Trotzdem ist kein Mensch unterwegs. Oliver linst unter dem Regenschirm hervor. Die uralte Handtasche, die schon einige Jahre auf dem Dachboden verbracht hat, wird immer schwerer. Sie enthält nichts außer der neuesten Ausgabe des juristischen Wörterbuchs aus Vaters Bücherregel.
Plötzlich ein Schatten, eine Gestalt. Oliver zuckt zusammen. Eine verdächtige Person taucht vor ihm auf. Schwarze Lederjacke. Jeans. Turnschuhe. Das muss er sein. Mit einem Mal wird Olivers Schritt unsicher.
Auf was hat er sich da eingelassen? Reiß dich zusammen, ermahnt er sich. Schau auf den Boden. Denk nur an deine Rolle. Oliver bemüht sich, ganz und gar unbeteiligt zu wirken, vor allem aber wie eine richtige, ausgewachsene Oma.
Die Turnschuhe kommen langsam auf ihn zu. Aus den Augenwinkeln versucht Oliver links und rechts seine Beschützer zu erkennen. Aber Nick und Thomas sind wie vom

Erdboden verschluckt. Nichts zu sehen, nichts zu hören. Ungemütlich.
Als der Mann auf gleicher Höhe ist, macht Oliver einen unauffälligen Schritt nach rechts. Fest umklammert seine rechte Hand die Handtasche. Er hält den Atem an.
Die Turnschuhe gehen ganz ruhig an ihm vorbei, immer geradeaus. Wenn ich jetzt hinter mir schnelle Schritte höre, denkt Oliver, dann ist es passiert. Oh, Mann, dann hat der Typ wieder mal sein Ziel erreicht. Zugeschlagen. Blitzschnell zugegriffen. Mit seiner Beute unerkannt auf und davon!
Er darf es nicht so leicht haben, der Kerl!
Behutsam dreht sich Oliver mit seinem Schirm herum. Zehn Meter weiter bleibt der Mann stehen. Er zieht seinen Kopf ein wenig ein, und dann steigt plötzlich eine Rauchfahne hoch. Der Mann zieht ein paar Mal an seiner Zigarette und geht weiter. Dann ist auch Nicks Gesicht in einem der Sträucher zu erkennen, ein ausgesprochen blasses Gesicht. Der Mann ist schon verschwunden, als Thomas erscheint.
„War er's denn?"
„Habt ihr seine Turnschuhe gesehen?"
„Menschenskinder, was jetzt? Ob er die Verkleidung durchschaut hat? Er hat sich einfach davongemacht! Was denn jetzt?"
Fragen, auf die niemand von den dreien eine passende Antwort weiß. Die gespielte Oma wirft sich erst einmal erschöpft auf eine Parkbank und streckt die Beine von sich. Dass sie hinten nass wird, ist ihr egal.
„Mensch, der Kerl hat mir einen höllischen Schreck eingejagt", gesteht Oliver. Seine Stimme klingt seltsam sandig.
„Olli, jetzt weißt du, wie man sich fühlt, wenn man alt und gebrechlich ist", erklärt Nick wie ein Hundertjähriger. „Keine

zielgerichtete Reaktion. Die alten Leutchen können nicht so schnell abhauen."
Oliver springt auf. Zwei Mädchen kommen mit einem Kinderwagen heran, und die Oma muss wieder in ihre Rolle schlüpfen. Sie macht sich auf den Weg nach Hause, mit vorsichtigen, tastenden Schritten ...
Dann hören sie etwas. Einen gellenden Hilfeschrei! Einen Moment lang bleiben sie wie angewurzelt stehen. Beim zweiten Schrei rennen sie los. Ganz in der Nähe muss irgendwas passiert sein. Als sie um eine Kurve biegen, steht da eine Frau und schreit und zeigt auf jemanden, der davonläuft.
„Los, hinterher!", brüllt Thomas.
Er ist schon vorneweg, er ist der Schnellste. Nick saust hinterher. Der Rasen ist verteufelt glatt. Oliver fällt zurück. Seine Großmutterverkleidung hindert ihn so sehr, dass er sich nur mit unbeholfenen Sprüngen vorwärtsbewegen kann. Den Omahut hält er in der einen Hand, Schirm und Tasche hat er an seine Brust gedrückt. Tropfnasse Äste klatschen ihm entgegen, und sein Brustkorb ring nach Luft. Aber Oliver will sich auf gar keinen Fall abhängen lassen.
„Da entlang!", kommandiert Thomas, der ungewöhnlich entschlossen wirkt, ganz anders als sonst.
Die flüchtende Person hat einen Haken geschlagen, läuft jetzt an der Nussbaumhecke vorbei, sie sucht eine Öffnung zum Verschwinden. Plötzlich dreht sie sich herum. Nein, es ist nicht der junge Mann mit den Turnschuhen. Er ist älter, trägt einen Anorak und eine schwarze Hose.
Als er seine Verfolger bemerkt, schleudert der Mann eine dunkelrote Handtasche zu Boden und rennt weiter. Thomas und Nick, die gleich darauf ankommen, stoppen. Sie stürzen sich auf die Tasche und sehen sich verunsichert an.

„Und der Kerl? Laufen lassen?“, stößt Nick hervor.
„Los, weiter!“
Im nächsten Moment ist Oliver hinzugekommen. Japsend schnappt er die Tasche auf, die Nick ihm zuwirft. Er kann einfach nicht mehr. Von weitem ist immer noch die Stimme der überfallenen Frau zu hören. Sie muss wohl einen Schock erlitten haben.
„Bring ihr schnell das Ding zurück!“, ruft Thomas noch über seine Schulter, bevor er mit Nick verschwindet.
Oliver schlurft schnaufend zurück. Unter dem schwarzen Mantel schwitzt er fürchterlich. Die Frau steht noch an der gleichen Stelle. Als sie ihre Tasche sieht, bringt sie es tatsächlich fertig, sich ein wenig zu beruhigen. Sie schnappt nach Luft, als wäre auch sie hinter dem Täter hergehetzt.
„Dieser verdammte Lump!“, stöhnt sie immer wieder. „Dieser Schweinehund!“
Sie ist ungefähr vierzig Jahre alt, schätzt Oliver, also gar keine alte Frau. Mit zitternden Fingern öffnet sie die Tasche. An ihrem Gesicht ist schließlich abzulesen, dass nichts fehlt.
„Sogar mein Geld ist noch da“, sagt die Frau. „Dreihundert Mark.“
Inzwischen hat sich eine Menge neugieriger Leute angesammelt. Oliver wundert sich, woher sie mit einem Mal gekommen sind. Vor wenigen Minuten schien der Park noch menschenleer zu sein. Ein älterer Herr fragt, ob die Polizei verständigt sei, aber er bekommt keine Antwort. In seinem Aufzug möchte Oliver nicht unbedingt mit Polizisten zusammentreffen.
„Von hinten hat sich der Lump angeschlichen, ich habe ihn gar nicht gehört“, erklärt die Frau dann.
Mit einem Papiertaschentuch tupft sie über Gesicht und

Hals. Dann erst scheint sie Olivers eigenartigen Aufzug wahrzunehmen. Ihr Gesicht wird wieder misstrauisch. Die Frau tippt dem keuchenden Oliver auf die Brust.

„Was hat das zu bedeuten? Ich meine, warum hast du überhaupt diese Sachen an?"

„Nur mal ausgeliehen", gesteht Oliver mit einem unschuldigen Augenaufschlag. „Wir wollten ja unbedingt den Handtaschenräuber erwischen."

„Das ging aber voll daneben!", schimpft die Frau.

„Nun, ja ..."

Oliver steht jetzt da wie ein ertappter Sünder und atmet heftig. Die Frau wirkt weiterhin beunruhigt. Sie redet von der Polizei und einer Anzeige und Fahndung nach dem Täter. Zum Schluss fällt ihr aber doch noch ein, sich zu bedanken.

„Aber wo sind denn deine Freunde geblieben?"

„Das weiß ich auch nicht."

In diesem Moment kommen sie zurück, Thomas und Nick. Sie wirken total erschöpft. Nick geht in die Hocke, um sich auf einen der Randsteine zu setzen. Er schaukelt mit seinem Oberkörper hin und her.

„Er ist uns entwischt", sagt Thomas schwer atmend. „In sein Auto gehüpft und wie ein Idiot losgeprescht."

„Mensch, Leute, ihr hattet ihn doch schon fast", stellt Oliver enttäuscht fest.

„Aber so ganz hat er uns nicht abgehängt. Wir haben nämlich sein Autokennzeichen", ergänzt Nick selbstsicher. „Haben's sofort mit einem Stock auf den Weg geschrieben."

„Gut", sagt die Frau. „Wir gehen zusammen zur Polizei."

Bis zum Parkausgang läuft Oliver noch mit. Seinen Mantel hat er, weil er immer noch heftig schwitzt, geöffnet und lässt ihn um seine Beine flattern.

„Ich bring die Klamotten nach Hause", meint er. „Oma soll nicht merken, dass ich mir ihre guten Sachen ausgeliehen habe. Ich warte zu Hause auf euch."
„Okay, Oma, bis nachher!"

„Sie haben ihn doch noch gekriegt!"
„Super! Und wo?"
„Auf seiner Arbeitsstelle, glaube ich. Jedenfalls haben sie ihn."
In seinem Zimmer hat Oliver verflixt lange auf seine Freunde warten müssen. Sie sinken auf das ausrangierte Ledersofa nieder, das früher mal im Wohnzimmer stand und dessen Sitzfläche ernorm federt.
„Gott sei Dank! Ich hatte schon ein Riesentheater wegen Omas Mantel", stöhnt Oliver. „Sie haben doch gemerkt, dass etwas fehlte."
Als er nämlich mit seiner Verkleidung ins Haus schlich, wurde er schon erwartet. Und er musste gleich den Vorwurf einstecken, dass Großmutters Kleidung kein Abenteuerdress sei. Bevor er aber seiner aufgebrachten Mutter die näheren Umstände seiner Verkleidung erläutern konnte, mussten erst einmal die unmittelbaren Zeugen, Thomas und Nick, wieder da sein. Zu dritt erläuterten sie den Fall, und am Ende gab es ein beruhigtes Kopfnicken. Erfolg also auf der ganzen Linie.

Oliver atmet erleichtert auf. Nun kann er ganz cool sein. Er setzt sich auf einen Klappstuhl und legt die Beine auf seinen Schreibtisch. Seine langen Haare, die er für die Oma-Nummer extra mit drei Klämmerchen festgesteckt hat, reichen ihm wieder fast auf die Schulter.

„Also, wie war's bei den Bullen?"
„Wir kamen bei denen echt gut an", erklärt Nick.
„Ist doch klar", ergänzt Thomas. „Mit der Autonummer konnte die Polizei den Mann ermitteln. Die sind sofort losgerast."
„Und weiter? Gab's eine dramatische Verfolgungsjagd?"
„Dann haben sie uns leider kurzerhand weggeschickt."
„Und die Geschichte hat noch einen besonderen kleinen Haken ..."
„Welchen Haken?"
„Lass dir das von Nick erklären", weicht Thomas aus und fummelt an Olivers CD-Player herum.
„Nun macht's doch nicht so saumäßig spannend!"
„Na ja, weißt du", gibt Nick kleinlaut zu verstehen, „wir sollen die Oma sofort holen und zur Polizei bringen. Wegen einer Gegenüberstellung mit dem Täter. Eigentlich wollten die einen Streifenwagen hierher schicken."
„Aber das konnten wir zum Glück verhindern", mischt sich Thomas ein. „Jetzt wird der Kerl erstmal verhört."
„Wie konntet ihr nur so blöd sein, den Polizisten etwas von mir zu erzählen?!"
„Wir waren's doch gar nicht. Die überfallene Frau hat so viel durcheinander geredet und leider auch was von einer alten Frau erzählt, die erstaunlich jung war und ziemlich flinke Beine hatte."
„Und das sagt ihr mir jetzt erst?"
Oliver macht runde Augen. Er ist aufgesprungen. Seine Freunde stehen verlegen herum, die Hände tief in den Hosentaschen. Nick geht zum Fenster. Er beschäftigt sich intensiv mit einigen Spielkarten, die er auf der Fensterbank gefunden hat.

„Das Problem ist – wir wissen nicht, woher wir eine echte Oma kriegen sollen", äußert sich Thomas endlich. „Wir können doch nicht auch noch deine richtige Oma zur Polizei schleppen. Und die Polizisten lassen sich von uns bestimmt nichts vorspielen."
„Dann los!"
„Ohne Oma?"
„Na klar, ohne Oma und Omaersatz. Jetzt ist sowieso nichts mehr zu retten."

Sie werden schon erwartet. Zum ersten Mal betritt Oliver eine Polizeiwache, und was ihm auffällt, sind die ungewöhnlich hohen Räume, die dunklen, glänzenden Böden und die breiten Holzleisten, die in Schulterhöhe an den Wänden entlangführen. Thomas und Nick kennen sich bereits aus.
Von dem festgenommenen Täter ist nichts zu sehen.
Wie einem alten Bekannten gibt der Hundeführer aus dem Park Oliver die Hand. Sein vierbeiniger Kollege ist an einem Heizungsrohr angeleint. Er wirkt jetzt unendlich gelangweilt, der Schäferhund. In sich zusammengesunken sitzt ein Mann, der einen verschmutzten Ledermantel trägt, auf einer Holzbank. Er hat eine richtig schuldbewusste Miene.
„Zuerst muss ich eure Namen aufschreiben", sagt der Hundeführer. „Ich heiße übrigens Neubert, Martin Neubert."
Er kann die drei Namen sofort notieren. Thomas Wenger. Oliver Haverkamp und Nikolaus Thon. Der Polizist sieht Nick durchdringend an.
„Ja, Nikolaus. Nach meinem Opa, der kam aus Polen."
Dann müssen sie noch ihre Geburtsdaten und Anschriften nennen. Nachdem er alles notiert hat, wirkt der Hundeführer Martin Neubert überaus zufrieden.

„Wo ist denn nun die alte Dame?“, fragt Martin Neubert ungeduldig.
„Hier!“
Oliver baut sich mit seinen kompletten einsdreiundsiebzig vor ihm auf. Der Polizist sieht ihn irritiert und leicht verärgert an.
„Was soll das? Wir sind hier nicht im Theater.“
„Kann ich das unter vier Augen erklären?“, fragt Oliver, weil er das in diesem Moment als passend empfindet und weil er nicht will, dass alle Anwesenden zuhören.
„Äh, bitte. Ihr zwei wartet hier.“
Er deutet auf Thomas und Nick. Zu zweit gehen sie dann in einen Nebenraum, in dem mehrere Tische und Computer stehen. An einer Wand hängen ein Kalender, ein Stadtplan und zwei Plakate mit Verkehrszeichen.
Das Gespräch dauert nicht lange. Als sie zurückkommen, wirkt das Gesicht des Beamten wesentlich freundlicher. Der Mann mit dem Ledermantel ist verschwunden.
„Auf jeden Fall müsst ihr ihn identifizieren“, sagt der Beamte.
Jetzt werden die drei in einen recht kleinen Raum geführt. Sie bleiben unschlüssig stehen. Ein zweiter Polizist kommt hinzu und zeigt auf eine weißgestrichene Tür. Durch das Türglas hindurch können sie in dem nächsten Zimmer einen Mann erkennen. Er sitzt auf einem Stuhl und besieht sich die Wände.
„Schaut genau hin. War er das?“
Als sie den Mann sehen, ist ihnen doch etwas mulmig zumute. *Der Täter. In unmittelbarer Nähe.* Eigentlich sieht er jetzt viel harmloser aus. Nick und Thomas nicken. Oliver ist sich nicht ganz sicher.

„Ich habe ihn ja nur im Vorbeigehen gesehen", flüstert er.
„Alles klar", sagt einer der Polizisten. „Ihr könnt wieder nach Hause. Schönen Dank jedenfalls für eure Hilfe."
„Gibt's denn dafür keine Belohnung oder etwas Ähnliches?", fragt Nick.
„Nein, leider nicht. Das war ja nur eine kleine Sache."
So schnell wollen sich die drei nun doch nicht abservieren lassen.
Oliver sieht den Hundeführer fragend an, der nun im Flur erscheint.
„Was passiert denn jetzt mit dem verhafteten Mann?", fragt Oliver. „War er der Täter oder war er's nicht?"
„Ja, er war's", sagt Martin Neubert. „Auch die bestohlene Frau hat ihn wiedererkannt. Eindeutig. Der Kerl fuhr in den Mittagspausen immer mit seinem Wagen los und beklaute, wo es sich ergab, die Leute. Seinen Kollegen sagte er, er ginge zum Essen."
„Und warum macht er so was Hirnrissiges?"
„Soweit ich weiß, hat er das geraubte Geld in Spielhallen verspielt."
„Und was geschieht jetzt mit ihm?"
„Wir schreiben eine Anzeige und einen Festnahmebericht und erwähnen natürlich auch eure entscheidende Mithilfe."
„Okay, einverstanden", meint Oliver ganz sachverständig und hält Nick und Thomas die Tür auf.
„Ein Serientäter. Das gibt noch eine Menge Arbeit", sagt einer der Beamten noch. „Wir wollen ja möglichst alle zurückliegenden Fälle aufklären."
„Jetzt verschwindet er erst mal hinter Gittern", stellt Thomas fest.
„Nicht so schnell. Er wird vernommen und wieder freigelas-

sen“, erklärt der Beamte.“ Bis zur Gerichtsverhandlung. Er hat ja einen festen Wohnsitz.“

Dann lässt er die Eingangstür zufallen. Nick, Thomas und Oliver stehen draußen auf der Treppe und atmen tief durch.

„Mensch, unser erster Fall“, meint Nick.

Mein gelber Kakadu

„Und vergiss bitte nicht Fridolins Sand!“, hat Nicks Mutter ihm noch nachgerufen, als er sich auf den Weg in die Stadt macht. Vogelsand! Auch das noch!
„Hast du gehört?“
„Bin doch nicht schwerhörig – okay, ich denk dran!“
Nick brummelt noch etwas Unverständliches vor sich hin. Klar, am liebsten würde er ohne irgend einen Auftrag durch die Straßen laufen. Eigentlich will er nur neue Einlegeblätter für ein Ringheft besorgen, aber verflixt – schon hat seine Mutter ihm den Vogelsand aufgedrückt.
Den bekommt er natürlich in fast jedem Kaufhaus. Trotzdem steuert er das Zoogeschäft an, das „Tier-Paradies“. Zugegeben, er kommt gern hierher und schaut sich die exotischen Fische und Vögel an. Im Vergleich zu diesen Prachtexemplaren ist Fridolin nichts weiter als ein schlichter blauer Wellensittich.
Aber da gibt es noch einen besonderen Grund, das „Tier-Paradies“ zu betreten. Das Interessanteste in dem Laden ist zweifellos Jana, die Tochter des Zoohändlers. Sie besucht die siebte Klasse in der Astrid-Lindgren-Realschule. Ein bisschen eingebildet, aber aufregend hübsch und vielleicht gar nicht so abweisend, wie die Jungs in seiner Klasse ständig behaupten. Immer öfter nämlich kann sie es einrichten, ein paar freundliche Worte mit ihm zu wechseln.
Nick schaut durch die Schaufensterscheibe. Eine lange Batterie von Aquarien, jeweils vier Glasreihen übereinander.

Jede Menge Tierfutter, gefrorene Büffelhaut, Knochen, Katzenstreu, eine riesige Auswahl von Käfigen aller Art. An der Stirnseite des Ladens die Vogelkäfige und rechts daneben die Kasse. Zwei Verkäuferinnen stehen da und unterhalten sich – von Jana ist allerdings nichts zu sehen.

„Mist!"

Trotzdem geht Nick hinein. Eine der Verkäuferinnen sieht ihn fragend an. Den Vogelsand holt sie mit einem Griff aus dem rechten Regal. Nick zahlt und marschiert enttäuscht auf die geöffnete Eingangstür zu – und da steht Jana. Sie will gerade das Geschäft zu betreten. In einer Hand trägt sie ihre Schlittschuhe, in der anderen Hand einen Korb aus Weidengeflecht. Wie ein Hotelportier reißt Nick die schwere Glastür auf.

„Hallo!", sagte er und versucht ein ganz und gar cooles Gesicht zu machen, obwohl er ziemlich unentschlossen stehen bleibt.

„Schon gehört?", fragt sie.

„Nee, was denn?"

„Von dem Einbruch. Hier bei uns. Letzte Nacht. Die Kripo war schon hier."

„Ehrlich?"

„Verdammt ehrlich."

Unschlüssig lässt Nick die Tüte mit dem Vogelsand von einer Hand in die andere gleiten.

„Kasse geplündert oder so was?", fragt er interessiert und verringert den Abstand zu Jana.

Sie schüttelt den Kopf. Ihre langen dunkelblonden Haare fliegen aufgeregt hin und her.

„Etwa bei euch zu Hause?", fragt er.

Mit einer Kopfbewegung deutet Jana auf die gläserne Ein-

gangstür. Um das Schloss herum befinden sich Risse in dem dicken Glas.
„Unfachmännisch aufgebrochen“, erklärt Jana.
„Ich dachte, so ein Geschäft hat eine Alarmanlage.“
„Logo“, berichtet Jana. „Aber die wird gerade repariert. Vielleicht war das den Dieben bekannt. Das waren wohl ausgesprochene Vogelexperten. Nur die teuersten Papageien haben sie mitgehen lassen. Und ausgerechnet meinen Lieblingskakadu!“
„Tierische Schweinerei!“, schimpft Nick lauter als beabsichtigt, räuspert sich umständlich und schluckt verlegen. „Äh, ich meine, idiotisch, solche Leute.“
Es ist ganz schön heiß in dem Laden. Nick merkt das erst jetzt. Trotzdem möchte er sich nicht so schnell verabschieden. Vorsichtig stellt Jana ihren Korb ab, in dem eine Katze ziemlich kläglich maunzt.
„Wer weiß, was sie mit den armen Tieren anstellen“, sagt Jana.
Nick bemüht sich, mit einem heftigen Kopfnicken sein Mitgefühl auszudrücken.
„Er konnte wundervoll sprechen, mein kleiner Billy.“
„Wörter? Ganze Sätze?“
„Zum Beispiel: Ich bin immer für dich da! Komm her zu mir! Ich heiße Billy! Jana ist lieb! Eine ganze Menge in dieser Art!“
„Schade um den klugen Vogel“, stellt Nick abschließend fest, und es klingt so, als bliebe Billy für immer und ewig verschwunden.
Jana macht den Eingang frei, weil drei hereinstürmende Frauen mittleren Alters viel Platz beanspruchen. Sie sieht Nick eindringlich an.
„Hilfst du mir, ihn wieder zu finden?“

„Deinen Billy? Wie denn?"
Nick blickt ihr verunsichert ins Gesicht. Kein Zweifel, sein Ruf als Detektiv ist bereits bis zu Jana vorgedrungen. Aber was soll er tun? Er hat überhaupt keine Ahnung, wo er mit einer solchen Suche beginnen sollte. Aus der Tüte mit dem Vogelsand rieselt inzwischen feiner Sand auf seine Schuhe.
„Bitte!", sagt Jana.
Dann beschreibt sie Billy, einen Gelbhaubenkakadu mit schwarzem Schwanzgefieder. Alles in allem ist er stattliche siebzig Zentimeter lang und überaus sprachgewandt.
„Aber das ist doch der Job von Fachleuten", sagt Nick. „Interpol und FBI."
„Geht's auch eine Nummer kleiner?"
„Jedenfalls muss sich die Kripo um den Fall kümmern", meint Nick und kratzt sich am Kopf.
„Meinst du, die legen sich für ein paar Tiere richtig ins Zeug?"
„Hm, weiß nicht."
„Hilf mir bitte! Weil es doch um meinen Billy geht."
„Mal sehen, was sich machen lässt", sagt Nick zum Schluss. Er muss erst einmal Zeit gewinnen, Zeit zum Überlegen. – Janas inständige Bitte bewirkt eine Menge. Nicks Denkapparat läuft auf Hochtouren. Noch auf dem Rückweg zermartert er sich den Kopf mit Textbeispielen für ein Flugblatt, das auf den gestohlenen Vogel aufmerksam machen soll. Zwischendurch beschimpft er sich selbst wegen seiner leichtsinnigen Zusage.
Jetzt kann er nicht mehr zurück. Gleich am nächsten Tag setzt er seine Idee in die Tat um: *„Intelligenter Kakadu gestohlen, siebzig Zentimeter groß, hört auf den Namen Billy. Nachricht, auch vertraulich, bitte an …"*

Zu Hause gibt es beunruhigte Fragen, als er stundenlang in seinem Zimmer hockt und sich auf gar keinen Fall stören lassen möchte. Er bastelt Geheimnisvolles. Mit einem Stapel Flugblätter macht er sich schließlich auf den Weg.
Die Bäume und Laternen ganzer Straßenzüge will er damit bekleben. Einige Blätter verteilt er auf dem Schulhof und auch im Basketballverein. Zugegeben, bei seiner Aktion denkt er mehr an Jana als an den verschwundenen Billy.
Zu Hause genießt Nick die ungewohnte Aufmersamkeit. Am Nachmittag stürmt seine Schwester Carmen in sein Zimmer: „Da ist ein Mädchen am Telefon. Jana – wenn ich sie richtig verstanden habe. Scheint was Wichtiges zu sein."
„Na klar, Jana", sagt Nick und übernimmt ganz gelassen das Telefon. Er meldet sich mit seinem vollen Namen.
„Hast du was gehört?", fragt Jana sofort, sie hält sich gar nicht mit einer Begrüßung auf.
„Äh, noch nicht konkret. Nur so ungefähr. Aber ich bin ganz sicher ..."
„Schade!"
Da hat sie schon aufgelegt. Und drei Stunden später ruft sie wieder an. Aber auch dann kann Nick nur um Geduld bitten. Von nun an fährt er bei jedem Telefonklingeln hoch.

Nach zwei Tagen spricht Thomas ihn vor Schulbeginn an. In der Klasse seines zwei Jahre älteren Bruders hat jemand etwas Spannendes erzählt. Dieser Schüler wohnt in einem größeren Mietshaus und hat dort zufällig mitbekommen, dass ein Nachbar plötzlich mehrere große Vögel besitzt. Mindestens einer von ihnen soll ausgezeichnet sprechen können. Thomas weiß auch schon die Adresse und den Namen des Mannes.

Am Ende seines Berichts ist er ein richtiger Strahlemann. Krachend beißt er in einen Apfel mit hellgrüner Schale.
„Na? Was sagst du nun?"
„Hei, tolle Sache! Danke für den Tipp!", jubelt Nick.
„Ach, ist das alles?", fragt Thomas und spuckt Nick einen Apfelkern vor die Füße. „Ich denke, wir machen alles zusammen. Oliver, du und ich. Also, Kollege, ich bin selbstverständlich dabei."
Nick kommt regelrecht ins Schleudern. Diese Sache mit Billy will er unbedingt allein erledigen.
„Weißt du, so ganz glaub ich noch nicht an die Geschichte. Aber wenn ich Hilfe brauche, melde ich mich sofort bei dir. Erst mal tausend Dank. Du hörst von mir!"
Und damit zieht sich Nick schleunigst zurück. Er muss sein weiteres Vorgehen überdenken, in aller Ruhe. Und möglichst allein zu Werke gehen. Klar, wegen Jana.
Nick verbringt einen ungemütlichen Tag und eine unruhige Nacht. Immer wieder beschäftigt ihn die Frage, wie er an die Vögel in dem Mietshaus herankommen könnte. Vorausgesetzt, es ist überhaupt etwas dran an der Geschichte. Aber dann, am frühen Nachmittag des nächsten Tages, ist es so weit. Sein Plan steht fest. Den Ablauf hat er sich immer wieder durch den Kopf gehen lassen.
Tief Luft holen. Klingeln bei Weitersberger. Der Türsummer geht. Hochfahren in den vierten Stock. Den vorbereiteten Text leise wiederholen, zum hundertsten Mal. Unbedingt cool bleiben. Rechtsrum, nein, nach links. Türschild. Weitersberger.
„Ja, was ist?"
Ein junger Mann steht in der Tür, etwa zwanzig Jahre alt, gar nicht unsympathisch.

„Ich komme von unserer Schülerzeitschrift, wir wollen, wir machen ..."
Nick kommt nicht weiter, weil er sich verschluckt.
„Na, was ist los?", will der Mann wissen.
„Also, wir machen eine Umfrage, die in unserer Schülerzeitung veröffentlicht werden soll. Es geht um die Einstellung der heutigen Menschen zum Tier, zu den Tieren überhaupt."
„Soll das ein Witz sein?"
„Nein, ganz und gar nicht. Im Gegenteil. Es ist ausgesprochen ernst", stammelt Nick und überlegt, ob er nicht aufgeben und zurück in den Hausflur stürmen soll.
„Na schön, lass mal hören", sagt der Mann, der jetzt ganz belustigt wirkt.
Er lehnt sich gegen den Türpfosten, und Nick hat das Gefühl, dass er sich von seinen Fluchtgedanken verabschieden kann.
„Hier im Hausflur?"
„Ach so. Nein, komm mal rein. Aber ich habe nicht viel Zeit."
Als die Wohnungstür hinter ihm zufällt, bekommt Nick einen furchtbaren Schreck, aber er versucht, eine interessierte Miene aufzusetzen, und denkt an Jana. Das hilft.
Die zwei großen Zimmer, die der Fremde bewohnt, sind ziemlich dunkel gehalten. Eine ganze Wand ist mit einem Palmen- und Strandbild beklebt und davor stehen in großen Blumentöpfen einige fremdartige Blattgewäche, angestrahlt von zwei Scheinwerfern.
Der Mann bleibt mitten in dem Wohnraum stehen und sieht Nick nun erheblich misstrauischer an als vorher.
„Ich habe hier einige repräsentative Fragen", beginnt Nick,

indem er all seinen Mut zusammennimmt. „Fragen, die für unseren Bericht von großer Bedeutung sind."
In diesem Augenblick machen sich mehrere Vögel bemerkbar. Nach ihnen hat Nick die ganze Zeit über möglichst unauffällig Ausschau gehalten. Während der Mann auf einen Sessel weist, entdeckt Nick zwei Vogelkäfige, eingerahmt von zwei mächtigen Grünpflanzen. Vorsichtig geht er einen Schritt auf sie zu.
„Ach, Sie sind ja ein richtiger Tierfreund. Welch ein Zufall", lässt sich Nick hören, indem er auf die Käfige weist.
„Bitte, nimm Platz", sagt der Mann nun schon zum zweiten Mal.
Nick folgt der Einladung nur zögernd. Er muss Zeit gewinnen. Sein Gehirn arbeitet fieberhaft.
„Besten Dank", stößt er hervor und lässt sich in den Sessel fallen. Umständlich ordnet er seine Unterlagen, eine stabile Schreibmappe und mehrere Blätter in unterschiedlichen Farben. Mit der Suche nach seinem Kugelschreiber gewinnt er wieder ein paar Sekunden.
Und dann legt einer der Vögel los. So klar und deutlich, dass Nicks Herz einen Riesensatz macht.
„Komm her zu mir! Jana ist lieb. Mein Name …"
„Ruhe da!", schreit der Mann und eilt zu den Käfigen.
Er wirft eine Decke über das Gestänge, und sofort ist kein Laut mehr zu hören, nur noch ein aufgeregtes Flügelschlagen. Nick ist aufgesprungen. Er hat seine Unterlagen unter einen Arm geklemmt.
„Tut mir außerordentlich leid", sagt er. „ Dummerweise habe ich den wichtigsten Zettel vergessen, den Zettel mit den Fragen. Leider. Könnte ich mich morgen noch einmal melden?"

Mit fünf Schritten ist er an der Tür. Der Mann kommt gar nicht mehr dazu etwas zu erwidern, denn Nick reißt die Wohnungstür auf und knallt sie hinter sich zu. Mit Riesenschritten stürmt er die Treppenstufen abwärts.

Hoffentlich hat der Kerl nichts gemerkt. Hoffentlich lässt er Billy und seine Leidensgenossen nicht verschwinden. Auf Nimmerwiedersehen. Verdammt!
Das sind Nicks erste klare Gedanken, als er an der Bushaltestelle ankommt, von der aus er nach Hause fahren will. Er tastet nach der Telefonkarte in seiner Jeans. Oliver und Thomas anrufen? Könnten sie überhaupt helfen? Nein, so weit ist er noch nicht mit seinen Ermittlungen.
An der zweiten Haltestelle springt Nick aus dem Bus. Als er wieder auf der Straße steht, schlägt er sich gegen die Stirn. Er ist eine Station zu früh ausgestiegen.
„Egal“, brummt er vor sich hin und macht sich auf den Weg zur Kriminalpolizei. Der Weg ist nun allerdings wesentlich länger als einkalkuliert. Das Telefonhäuschen neben einem Taxenstand zieht ihn magisch an.
„Hallo, hier ist Nick Thon. Ich möchte Jana sprechen, wenn's geht.“
Keine Antwort. Das Gespräch wird weitervermittelt. Nick will schon auflegen, dann erkennt er Janas Stimme. – „Bitte?“
„Hier meldet sich Nick. Ich bin ihm auf der Spur, dem Dieb – oder den Dieben. Bestimmt kann ich ihn gleich festnehmen lassen!“
„Wirklich? Oh! Toll!“
Nick merkt natürlich, wie sehr Jana beeindruckt ist. Er fühlt sich nun ausgesprochen gut. Aber er muss sich auch eingestehen, dass er den Mund sehr voll genommen hat.

„Mensch, Nicky! Total starke Sache von dir. Gefällt mir."
„Nun ja …"
„Spitze, Megaklasse! Aber mein kleiner Billy, wo ist er? Krieg ich ihn bald wieder? Unversehrt?"
„Versprochen! Drück mir die Daumen, dann klappt's."
„Mehr als die Daumen, ich drück dich selbst!"
„Das wäre nicht schlecht …"
„Pass auf dich auf, du Superdetektiv!"
„Okay. Bis dann!"
Als er aufgelegt hat, fällt ihm ein, dass er Jana doch noch etwas genauer hätte informieren können. Aber er darf jetzt keine Zeit mehr verlieren. Deshalb marschiert er kräftig drauflos. Wild entschlossen. Die Sache verdient keinen Aufschub.

„Ich muss dringend eine Anzeige erstatten!", erklärt er dem uniformierten Beamten auf der Polizeiwache. Der Mann sieht ihn ein wenig belustigt an.
„Junger Mann, geht es um etwas Schwerwiegendes?", fragt er.
„Klaro. Um einen ziemlich schwerwiegenden Diebstahl. Außerdem muss schnellstens gehandelt werden."
„Hoho, über die Sofortmaßnahmen müssen wir entscheiden. Anzeigendienst in der ersten Etage, Zimmer 152", sagt der Polizist und ist wohl froh, ihn loszuwerden. Er deutet auf die Aufzugstür. Nick ignoriert den Aufzug, hastet die Treppe hinauf, klopft an die Zimmertür 152 und tritt sofort ein. Er hat die Vorstellung, dringend erwartet zu werden.
„Moment bitte", sagt eine Frau, die auf einer Schreibmaschine tippt. Vor ihr sitzen ein Mann und eine Frau, die ihm mürrische Blicke zuwerfen. Rechts neben ihnen kann Nick einen Computer und einen Drucker erkennen.

Wieder auf dem Flur, läuft Nick unermüdlich auf und ab. ‚Anke Martini, 2. Kommissariat', steht auf dem Schild neben der Tür. Nick versucht seine Gedanken zu ordnen. Als er dann endlich sein Sprüchlein bei der Kommissarin aufsagen kann, ist eine weitere kostbare Viertelstunde vergangen.
Die Kommissarin, eine überaus schlanke, fast zierliche Person mit dunkelbraunen Augen und ebensolchen Haaren, hört konzentriert zu. Irgendwie erweckt sie den Eindruck, sich niemals aus der Ruhe bringen zu lassen.
Aber sie reagiert sofort. Sie telefoniert mit einem Kollegen und greift nach ihrer schwarzen Lederjacke. Im Nu sitzen sie zu dritt in einem Auto und brausen zu dem Mietshaus. Unterwegs kann Nick noch über einige wichtige Details berichten. Wenig später parken sie direkt vor dem Haus, obwohl es da ein Parkverbot gibt.
„Nicht klingeln", sagt der Kriminalbeamte. „Wir müssen versuchen, auf andere Weise ins Haus zu gelangen."
Zum Glück öffnet ein Kind von innen die Haustür und saust mit seinem Roller über den Gehweg. Mit einem Fuß drückt Frau Martini die Tür auf. Sie rennen die Treppenstufen hinauf.
„Du klopfst, und ich bleib im Hintergrund", bestimmt der Kollege der Kommissarin und ist plötzlich weg. Nick krümmt seinen Zeigefinger, um zu klopfen.
„Bleib ganz ruhig", flüstert Frau Martini.
Sie stellt sich neben ihn und lächelt den Türspion an. Sie kann verdammt freundlich lächeln, findet Nick.
Nach dem Klopfen gibt es ein Geräusch hinter der Tür. Dann geht die Tür auf. Der junge Mann grinst spöttisch.
„Ach nee, jetzt bringt der Knabe auch noch seine Lehrerin mit?"

„Kleiner Irrtum! Kriminalpolizei!“, sagt Frau Martini mit scharfer Stimme und lächelt kein bisschen mehr. Sie drückt die Wohnungstür soweit auf, dass sie nicht mehr zugeschlagen werden kann. Wie aus einem Versteck hervorgezaubert, taucht ihr Kollege plötzlich auf. Nick weicht zur Seite aus.
„Sie haben wohl einen Vogel! Oder mehrere?!“
„Wie bitte?“ – „Vögel, die ihnen nicht gehören!“
„Paradiesvögel sozusagen“, ergänzt Nick mutig und kneift seine Augen bedeutungsvoll zusammen.
Der Mann wird blass, leichenblass.
„Die Tiere hab ich geschenkt gekriegt!“, stößt er hervor.
„Sehr interessant“, sagt der Kriminalbeamte. „Lebendes Diebesgut.“
Mit schnellen Schritten durchquert der Mann seine Wohnung und schaltet den Fernseher aus. Mit einer Hand schlägt er sich immer wieder vor die Stirn. Dann wirft er sich in einen der Sessel, dessen Holzbeine hässlich quietschen. Ganz ruhig sagt er schließlich:
„So ein Pech! Morgen wollte ich die Biester verkaufen!“
Er springt aus dem Sessel hoch, baut sich drohend vor Nick auf und stemmt seine Hände in die Taille. Wären sie allein, hätte der Mann bestimmt zugeschlagen.
„Das hast du ja fein eingefädelt!“, schimpft er und will sich dann doch noch voller Wut auf Nick stürzen.
„Machen Sie nicht noch mehr Blödsinn“, ermahnt ihn die Kommissarin.
Als Nick vor den beiden Käfigen steht, kann er unter den vier unbekannten Vögeln auf Anhieb Billy ausmachen.
„Hallo Billy, ich bin der Nicky! Schöne Grüße von Jana“, sagt Nick.
„Jana ist lieb“, krächzt der Kakadu. Nick nickt zustimmend.

Hundsgemein

„Gut, dass ich dich treffe, Jana!"
Oh Schreck! Blitzartig überlegt Jana, wie sie sich unsichtbar machen könnte. Zu spät. Keine Chance zum Abtauchen.
„Ach, Frau Meinicke, was ist denn los?"
Die meisten Leute kennt sie vom Zoogeschäft ihrer Eltern her. Trotzdem zuckt Jana jedes Mal mächtig zusammen, wenn sich Kunden auf der Straße direkt an sie wenden. Oft genug mit ungewöhnlichen Anliegen. Ausnahmslos geht es nämlich um die lieben kleinen Haustierchen. Manchmal scheinen die Tiere wichtiger als die Menschen zu sein.
„Eine Katastrophe! Mein herzensguter Franzl ist nämlich weg. Spurlos verschwunden!", stöhnt Frau Meinicke. „Heute Morgen war ich mit ihm unterwegs, und seit dem Einkaufen ist er plötzlich nicht mehr da."
Selbstverständlich weiß Jana, dass es sich bei Franzl um den Hund von Frau Meinicke handelt, einen dunkelbraunen Mischling, der keineswegs zu den Schönsten der Stadt zählt. Aber ein Tier mit überaus treuer Seele.
„Logisch, dass ich ihn nicht zum Einkaufen in den Laden mitnehmen kann", erklärt Frau Meinicke. „Deshalb habe ich ihn draußen angeleint. Und als ich zurückkam, war er wie vom Erdboden verschluckt. Nur das hier war noch da."
Mit der rechten Hand zieht sie eine Hundeleine aus ihrer Jackentasche und hält sie in die Höhe. Der Schreck über den Verlust hat in Frau Meinickes Gesicht deutliche Spuren hinterlassen. Ihre Augen füllen sich mit Tränen.

„Könnte er vielleicht ausgebüxt sein? Einfach so?“, fragt Jana.
„Nein, mein Franzl würde nie weglaufen. Das tut er mir nicht an. Nie und nimmer!“
Jana sieht sich Hilfe suchend um. Eigentlich möchte sie weitergehen. Aber ihr fällt keine Ausrede ein. Immerhin ist sie mit Barbara verabredet, um vier Uhr, und Unpünktlichkeit ist etwas, was sie hasst.
„Ich hab schon überall herumgefragt“, beginnt Frau Meinicke wieder. „Aber niemand hat meinen Franzl gesehen.“
„Bei uns ist er auch nicht“, wirft Jana ein und zieht bedauernd die Schultern hoch. Verstohlen sieht sie auf ihre Armbanduhr. Zehn nach vier!
„Es tut mir leid ...“
„Solltest du etwas erfahren, Jana, gib mir bitte sofort Bescheid. Du oder deine Eltern. Wenn er nicht wiederkommt – ich weiß nicht, ob ich das überlebe.“
Jana holt tief Luft und macht sich auf den Weg zu ihrer Freundin Barbara. Nein, an den armen Franzl denkt sie später nicht mehr. Irgendwie lösen sich solche Problemfälle nach kurzer Zeit, meistens zum Guten.

Aber dann, nach zwei Tagen, prallt Jana auf dem Heimweg von der Schule fast mit Frau Meinicke zusammen.
„Oh, Entschuldigung!“, stottert Jana. „Ich hab ...“
„Es ist unglaublich“, legt Frau Meinicke gleich los. „Wirklich unglaublich!“
„Tut mir leid. Ich war ganz in Gedanken ...“
Schuldbewusst bleibt Jana stehen. Einen Augenblick lang weiß sie nicht, was sie tun soll. Sie will nach Hause. Nach sechs Stunden Unterricht möchte sie nicht mehr aufgehal-

ten werden, möchte sich viel lieber in dem Schülerstrom mittreiben lassen, egal wohin, nur weg von der Schule. Frau Meinicke verstellt ihr den Weg. Sie ist einfach nicht abzuschütteln.

„Quatsch! Ich spreche doch von meinem Franzl!"

„Ach, ist er wieder da?"

„Schön wär's. Nein, es wird immer schlimmer mit ihm. Ein mysteriöser Fall. Wie im Fernsehen. Unglaublich!"

Zögernd bleibt Jana stehen. Mitschüler grinsen sie mitleidig an, weil da eine aufgeregte Frau wie wild auf sie einredet.

„Er ist entführt worden, der Franzl", erklärt Frau Meinicke, und Jana zieht schmerzhaft ihre Augenbrauen zusammen. Sie ist genervt. Nach einer haarsträubenden Geschichte steht ihr überhaupt nicht der Sinn. Im Moment jedenfalls mag sie nichts dergleichen hören. Aber Frau Meinicke weicht ihr nicht von der Seite.

„Das sind doch echte Kriminelle! *Keine Polizei,* haben sie am Telefon gesagt, *bloß keine Polizei!"*

„Wieso denn Polizei?", fragt Jana und ihre Stimme hat einen leicht vorwurfsvollen Unterton. Ihr kommt der Gedanke, dass bei der aufgeregten Frau Meinicke etwas nicht stimmen könnte. Irgendwie überdreht ist die, übergeschnappt vielleicht.

Frau Meinicke berichtet von dem überraschenden Anruf gestern Abend, von einer freundlichen Frauenstimme, die erklärte, der verschwundene Hund sei in ihrem Besitz, für's erste wohlbehalten. Er werde auch bestens versorgt. Allerdings nur noch zwei Tage lang. Um ihn zurückzubekommen, solle Frauchen so nett sein und dreitausend Mark abliefern. Über den genauen Übergabetermin würde man sie anschließend informieren. Aber alles müsse selbstverständ-

lich ohne die Polizei ablaufen. Ganz ohne die Bullen. Sonst könne sie nicht für die Sicherheit des Tieres garantieren.
„Zum Schluss hab ich die Anruferin gefragt, woher sie meine Adresse kennt. Aber da hat sie ganz plötzlich aufgelegt."
„Lebt er denn überhaupt noch, der Franzl?", fragt Jana und bemerkt, wie Frau Meinicke zusammenzuckt, als hätte man ihr unvermittelt einen Messerstich verpasst.
„Ja doch, ja! Gott sei Dank! Ich hab ihn gehört. Im Hintergrund hat er laut gebellt. Ich glaube, etwas lauter als sonst. Bestimmt wollte er mir ein Zeichen geben, mir Mut machen. So ist er, der gute Franzl."
„Wollen Sie denn das Geld zahlen? Dreitausend Mark?"
„Das ist er mir wert, mein Franzl."
„Darauf spekulieren die Gangster, hundsgemein so was!"
Inzwischen sind sie mehrmals von Schülern angerempelt worden, sodass sie sich in die Eingangsnische einer Drogerie zurückgezogen haben. Frau Meinicke, die einen Kopf kleiner ist als Jana, sieht das Mädchen unendlich traurig an. Sie wird mit all dem, was da passiert ist, nicht fertig.
„Er ist in etwas Schlimmes geraten, ohne seine eigene Schuld. Ich kann ihn doch nicht aufgeben, so einen braven Hund!"
„Stimmt. Das wäre gemein. Aber den Dieben muss man das Handwerk legen. Sonst werden sie immer dreister."
„Aber wie soll ich das anstellen?", fragt Frau Meinicke. „Wer könnte mir beistehen? Und wie treibe ich so viel Geld auf?"
„Okay. Uns fällt bestimmt etwas ein", verspricht Jana, obwohl sie keinerlei Vorstellung von einer Lösung des Falls hat. „Wir hängen uns da rein, meine Freunde und ich. Wir sehen ja nicht nach Polizei oder etwas Ähnlichem aus."

Er hat sie schon tausendmal gefragt, und irgendwann hat sie „ja“ gesagt, weil Nick immer wieder davon anfing, nämlich zusammen ins Kino zu gehen. In das neue Multiplex. Mit der Riesenauswahl. Außerdem, im Augenblick gibt es so obercoole Filme. Meint Nick. Obwohl er eigentlich kein großer Filmfan ist. Aber es wird sowieso nichts daraus.
Wegen Franzl.
Nick lässt Janas Hand los. Er ist stinksauer, als sie anfängt, von diesem hässlichen Köter und seinem spurlosen Verschwinden zu erzählen. Sie haben den sonnenklaren Nachmittag zum Spazierengehen genutzt, quer durch den Stadtgarten. Nick sitzt auf einer Mauer am Springbrunnen und schüttelt energisch seinen Kopf.
„Bitte, lass mich endlich mit dem Fiffi in Ruhe!“
„Findest du das denn richtig?“, fragt Jana empört. „Soll die arme Frau drei Mille für den Hund hinlegen, damit die Gangster mit ihrer Masche Erfolg haben?“
„Dann muss sie eben zur Kripo gehen“, sagt Nick sachlich. Die Hoffnung, mit Jana in eines der acht Kinos gehen zu können, hat er noch nicht endgültig aufgegeben. Jana lächelt ihn verheißungsvoll an. Sie ergreift seine Hand, drückt sie und zieht Nick zu sich heran.
„Ich denke, wir könnten den Part der Polizei übernehmen“, schlägt sie vor.
„Haha, gebt dem Nachwuchs eine Chance“, tönt Nick.
„Nick Knatterton, du hast doch längst bewiesen, dass du dazu in der Lage bist. Bitte, mir zuliebe. Die Frau Meinicke ist eine wichtige Kundin meiner Eltern.“
„Auch das noch. Aber wenn du von meinen Vorbildern reden willst, dann lieber von Schimanski. Der hat Power und Köpfchen …“

„Na also, Schimmi, wie wär's mit uns?"
Nick kratzt sich verlegen am Kopf. Seine Hoffnung auf einen Kinobesuch nähert sich dem Nullpunkt.
„Danke für das großzügige Angebot. Ach, ich weiß nicht …"
„Los, gib dir einen Ruck!"
„Und meine Gage?"
„Darüber reden wir später."
„Kombiniere, die Frauen sitzen immer an längeren Hebel."
Jana nimmt ihn freundestrahlend in den Arm.
„Danach gehen wir dreimal hintereinander ins Kino. Ehrenwort!"
„Schon gut, schon gut. Diesmal müssen wir allerdings Oliver und Thomas einweihen", sagt Nick schließlich.

Mit seinem Fernglas sucht Oliver die gegenüberliegende Häuserfront ab, und er nimmt sich auch ein paar markante Köpfe auf dem Gehweg vor. Drei Uhr, wie vereinbart. Immer mehr Menschen bevölkern die Straßen. Da kann man leicht den Überblick verlieren.
„Bis jetzt nichts Auffälliges", flüstert Oliver, während Thomas sich die hellblaue Wollmütze tiefer in die Stirn zieht. Hinter ihnen parken in einer langen Reihe Autos. Das Parkhaus ist fast ausgebucht. Ab und zu kommen die Autobesitzer vom Einkaufen zurück und fahren los, nicht ohne die beiden Jungen misstrauisch beäugt zu haben.
„Da!"
Oliver deutet möglichst unauffällig nach links. Thomas nickt. Die beiden Personen, die eng umschlungen die Straße überqueren, kann er bereits mit bloßem Auge entdecken. Dank ihrer schwarzen Baseballmützen.
„Sie sind echt zu beneiden", stellt Oliver fest.

Er beobachtet Jana und Nick, die ihre Rolle als verliebtes Paar, das für nichts anderes als für sich selbst Augen hat, hervorragend spielen. Beide tauchen schon zum dritten Mal vor den Geschäften zwischen der Post und dem Cafe Krümel auf, aber es hat sich noch nichts Entscheidendes ereignet.

„Ich fürchte, die Ganoven haben Lunte gerochen", stellt Thomas fest. „Gegenobservation heißt das wohl im Polizeijargon."

„Pst, kein Wort in Sachen Polizei!"

„Meinst du, wir werden hier abgehört?"

„Quatsch! Aber schau mal unauffällig nach rechts. Da kommen ein Mann und eine Frau mit einem Hund. Sieht so aus wie dieser missratene Franzl."

Oliver kneift die Augen zusammen, obwohl er das Fernglas benutzt. Er hat Mühe, die Frau mit dem Hund zu fixieren. Hellgrüne Gummijacke, schwarze Hose, dunkelrote Haare, über der Schulter eine große schwarze Lacktasche.

„Hast Recht, das sind sie."

Die Frau bleibt mit dem Hund stehen, sie zieht sich in einen Hauseinangang zurück. Der Hund ist recht brav. Der Mann geht in Richtung Telefonzelle. Er hat einen dunkelblauen Jogginganzug an.

„Oh, ich glaube, jetzt wird's ernst."

Mit einem Mal hat Olivers Stimme zu flattern begonnen. Thomas stellt das mit Schrecken fest, und auch bei ihm macht sich plötzlich ein Kloß im Hals bemerkbar. Er greift zu seinem Funkgerät.

„Hallo, ihr zwei! Es geht los. Sieht jedenfalls von hier oben so aus."

Jana und Nick sind abrupt stehen geblieben. Sie drehen sich so herum, dass sie Thomas und Oliver erkennen können.

Nick streckt seinen rechten Daumen nach oben. Alles in bester Ordnung. Jana schüttelt ihre langen Haare, die sie zu einem Pferdeschwanz gebunden und hinten durch die Mütze gezogen hat.
„He, macht's nicht so auffällig!", befiehlt Thomas. „Achtung, der Mann kommt auf euch zu. Dunkelblauer Jogginganzug. Wenn er vorbeigeht, folgt ihm mit Abstand."
Zum Glück haben sich Nick und Jana wieder gefangen. Sie umarmen sich so zärtlich, dass Oliver seine Stirn runzelt und zu stöhnen beginnt.
Inzwischen ist auch Frau Meinicke zu erkennen. Verabredungsgemäß wartet sie in einer Telefonzelle vor der Post auf ihren vierbeinigen Lebensgefährten. Der Mann hat sie nun erreicht. Frau Meinicke hat die Tür des Telefonhäuschens nur einen Spaltbreit geöffnet. Es gibt wohl einen heftigen Wortwechsel.
„Da, da passiert was!"
Der Hund und die fremde Frau sind bestimmt fünfhundert Meter von der Telefonzelle entfernt, als der Hund wie wild an seiner Leine zieht. Er reißt die fremde Frau fast um. Ihr bleibt nichts anderes übrig, als dem Tier mit schnellen Schritten zu folgen, will sie nicht die Leine loslassen. Die Tür der Telefonzelle geht auf, und dann springt Franzl sein Frauchen an und hüpft an ihr hoch und bellt wie von Sinnen.
„Menschenskind!", flüstert Oliver. „Vor lauter Wiedersehensfreude vergessen sie das dicke Lösegeld."
Aber der Mann, das ist deutlich zu erkennen, greift entschlossen zu und reißt Frau Meinicke einen Briefumschlag mit dem Geld aus der Hand. Er rennt sofort über die Straße, umkurvt einige bremsende Autos und scheint schon verschwunden zu sein.

„Hinterher!", kommandiert Thomas. „Beeilt euch! Aber seid vorsichtig!"
„Yes, Sir!"
Für einen Moment sind noch die Baseballmützen von Nick und Jana zu erkennen, dann tauchen sie in einer Menschentraube unter.
„Los, Kollege, hängen wir uns dran. Wir müssen sie einholen!"
Thomas und Oliver rennen auf den Aufzug zu. So schnell wie möglich versuchen sie das oberste Deck des Parkhauses zu verlassen. Aber der Aufzug kommt und kommt nicht. Kurz entschlossen nehmen sie die Treppe.
„Oh Mann, wir sind viel zu langsam!"

Am Ausgang des Parkhauses weist Oliver nach rechts, die Straße hinauf, wo Jana und Nick gerade noch von oben zu sehen waren. Im Zickzacklauf geht es vorwärts, weil der Gehweg voll von Menschen ist. Thomas stoppt plötzlich und hält das Funkgerät vor seinen Mund.
„Hallo, meldet euch!", keucht er.
Keine Antwort. Also weiter! An der nächsten Kreuzung bleiben sie wieder stehen. Eigentlich müssten Jana und Nick hier abgebogen sein.
„He, ihr U-Boote! Wo steckt ihr?"
„Hier! Ich verstehe euch kaum. Teufel auch, die Batterien scheinen nicht ihren besten Tag zu haben."
Das ist Nicks Stimme, aber zugleich mischt sich Janas Stimme ein:
„Hallo Jungs, wir sind jetzt an der Kirche."
„Und weiter?", fragt Thomas. „Wo ist der Mann geblieben, die Frau?"

„Die verdächtigen Personen …“
Und dann sind weder Jana noch Nick zu hören. Stattdessen gibt es ein mildes Rauschen in dem Funkgerät, das Thomas so an sein Ohr presst, als könnte er doch noch etwas Genaueres erfahren.
„Verdammt, alles umsonst!“, stellt er fest.
Oliver stampft mit einem Fuß auf den Boden, als wollte er das defekte Gerät zertreten.
„So ein Mist!“
Als sie vor der Trinitatis-Kirche auftauchen, ist nichts von Jana und Nick zu sehen. Zwei Penner lagern mit ihren Tüten auf den Eingangsstufen. Thomas rennt auf sie zu, verzichtet dann aber darauf, sie zu befragen.
Nach einer zweimaligen Umrundung der Kirche lassen sich Oliver und Thomas auf der Kirchmauer nieder. Immer wieder gehen ihre Köpfe nach links und nach rechts. Aber kein Lebenszeichen von Jana und Nick.
„Die sind längst zu Hause!“, bemerkt Thomas.
„Oder knutschen irgendwo vergnügt herum“, ergänzt Oliver. „Gemein, so was!“
Endlich! Nach einer halben Stunde erscheinen Jana und Nick. Sie wirken gar nicht zerknirscht. Im Gegenteil. Sie strahlen eher wie zwei erfolgreiche Meisterdetektive.
„Ihr grinst, obwohl euch die Gangster entwischt sind“, erregt sich Oliver. „Die sind doch auf und davon!“
„Echt blöde, weil dieser dämliche Quatschkasten seinen Geist aufgab“, ergänzt Thomas.
Voller Enttäuschung tippt er auf das Gerät, das aus der Brusttasche seiner Jeansjacke hervorschaut.
„Wieso entwischt? Wovon redet ihr denn?“, will Jana wissen.

Sie gibt sich völlig empört. Zum Zeichen dafür stemmt sie ihre Hände in die Seite.
„Ihr glaubt wohl, wir seien Anfänger“, mischt sich Nick ein.
Betont langsam greift Jana in ihre Jeans, schlägt ein kleines rotes Notizbuch auf und hält es Oliver vor die Nase.
„Und was ist das, Chef?“, fragt sie spöttisch.
„Keine Ahnung, komische Hieroglyphen“, stellt Oliver fest.
„Falsch! Hier steht, wie die Frau aussah. Nicht weit von hier hat der Mann mit dem blauen Jogginganzug auf sie gewartet. Der hat nur einen geschickten Haken geschlagen und sich danach mit ihr getroffen. Etwa dreißig Jahre alt, kurze schwarze Haare, Schnäuzer.“
„Klar haben wir sie verfolgt“, berichtet Nick. „Bis zum Haus Dortmunder Straße 38. Graues Dreifamilienhaus. Da sind sie reingegangen.“
„Mensch, super!“, strahlt Thomas.
Er reißt Oliver die Mütze vom Kopf und lässt sie in seiner Hosentasche verschwinden. Jana wirft Oliver das rote Notizbuch zu.
„Das waren aber bestimmt keine Profis“, meint Thomas.
„Gott sei Dank“, sagt Jana.
Nick legt einen Arm um Janas Schulter und verkündet stolz:
„Wir zwei haben inzwischen beschlossen, dass ihr mit unseren Notizen zu den Bullen geht. Ich kann dort ja nicht schon wieder auftauchen. Derweil statten Jana und ich Frau Meinicke und ihrem Franzl einen Besuch ab.“
Wie ein ehrerbietiger Diener verbeugt sich Oliver vor den anderen, sodass seine langen Haare ihm vors Gesicht fallen.
„Ich hab das dumme Gefühl, dass ich heute immer nur Befehle auszuführen habe“, stellt Oliver grinsend fest und verdreht die Augen.

„Alles für einen guten Zweck“, meint Jana, die Nick hinter sich her zieht. Thomas und Oliver bleiben noch einen Moment stehen und sehen den beiden nach. Sie würden gern mit Nick tauschen.

Franzl ist eigentlich gar nicht so hässlich. Außerdem ist er ein überaus fröhlicher Hund, der an Jana und Nick hochspringt, als wären sie seine allerbesten Freunde. Seine Sprünge werden von lautem Gebell begleitet. Frau Meinicke hat große Mühe, ihren Franzl zu bändigen.
„Ein hochintelligentes Tier“, erklärt sie, während sie aus der Küche etwas zu trinken holt. „Er will sich bedanken. Selbstverständlich hat er sofort kapiert, dass er seine Rettung nur euch zu verdanken hat.“
Jana und Nick schütteln lachend die Köpfe. Im Wohnzimmer, das viel moderner eingerichtet ist als erwartet, lassen sie sich auf eine blaue Couch plumpsen. Sobald sie die Füße ausgestreckt haben, befällt sie die große Erschöpfung. Franzl beruhigt sich ziemlich schnell und nimmt untertänigst bei ihnen Platz.
Frau Meinicke kommt mit vier Flaschen an. Cola, Mineralwasser, Sekt und Bier. Jana und Nick deuten auf das Mineralwasser. Frau Meinicke beeilt sich, ein paar Gläser auf den Tisch zu stellen.
„Mein Durst ist unbeschreiblich“, sagt Nick und gießt die Gläser randvoll.
„Heute bist du einer der teuersten Hunde dieser Stadt geworden“, stellt Jana fest und krault das Fell des Hundes.
„Nein, das stimmt nicht“, mischt sich Frau Meinicke ein. „Ich muss gestehen, mir ist das richtig peinlich.“
„Wieso peinlich?“, fragt Nick.

„Weil ich keine dreitausend Mark zusammenbekommen habe, wollte ich noch mit der fremden Frau sprechen. Aber dann tauchte der Mann an der Telefonzelle auf. Mit dem hatte ich nicht gerechnet. Er hat mir den Briefumschlag mit dem Geld regelrecht aus der Hand gerissen. Tut mir leid."
„Ach, wie viel war denn drin?", will Nick wissen.
„Nur achthundert."
Frau Meinicke prustet los, und Jana und Nick schließen sich an. Mit Mineralwasser stoßen sie auf ihren Erfolg an. Aber dann öffnet Frau Meinicke auch noch die Sektflasche. Sie ist so aufgeregt, dass ein Teil des Sekts auf den Tisch spritzt.
„Auf unseren Erfolg!", sagt sie und strahlt dann über das ganze Gesicht.
„Die werden Augen machen", stellt Jana lachend fest.
„Erst recht, wenn ihnen die Polizei auf die Pelle rückt", ergänzt Nick.
„Polizei? Bloß keine Polizei. Das war so abgemacht!"
„Keine Angst. In diesem Moment übergeben unsere Freunde Thomas und Oliver dem Kommissariatsleiter eine wichtige Information. Alles andere ergibt sich dann."
„Ich verstehe nicht", sagt Frau Meinicke.
„Na, selbstverständlich haben wir uns gemerkt, in welchem Haus die geldgierige Frau mit ihrem Komplizen verschwunden ist. Das gehört nun mal dazu. Sie haben sich ziemlich auffällig verhalten. Wahrscheinlich klicken jetzt bei ihr und ihrem Begleiter die Handschellen. Später muss Franzl noch als Zeuge vernommen werden."
Stolz tätschelt Nick Franzl den Kopf.
„Ach, mein armer Franzl", sagt Frau Meinicke. „Er muss sich erst einmal erholen."
„Hörst du, beim nächsten Mal lässt du dich nicht so einfach

klauen“, ermahnt Nick den Hund, der ihn auf eine merkwürdige Weise verständnisvoll anschaut. „Beim nächsten Mal beißt du einfach kräftig zu.“
„Er ist doch so ein lieber Hund“, verkündet Frau Meinicke. Jana beginnt zu gähnen und streckt ihre Arme von sich. Erschöpft sieht sie auf ihre Armbanduhr.
„Ich muss dringend nach Hause. Meine Eltern warten. Und meine Schulaufgaben auch. War ein spannender, aber verflixt anstrengender Tag heute.“
Das Telefon klingelt. Frau Meinicke und Franzl eilen hin. Nach kurzer Zeit sind sie wieder da.
„Leider müsst ihr noch ein wenig hier bleiben“, sagt sie. „Ein Redakteur der Stadtnachrichten hat angerufen. Er will eine schöne Story über uns schreiben. Und er braucht unbedingt Fotos von Franzl. Wahrscheinlich auch von euch.“
Jana und Nick sinken auf dem Sofa noch etwas tiefer, und Jana legt ihren Kopf auf Nicks Schulter.
„Ehrlich gesagt, ich möchte lieber anonym bleiben“, erklärt Jana.
„Das liegt doch auf der Hand. Berühmten Leuten wie uns bleibt nichts erspart“, sagt Nick und drückt Jana einen Kuss auf die rechte Hand.

Benni, der Fensterspringer

Nur ab und zu rauschen Autos über den nächtlichen Südring. Die Straßenbeleuchtung ist dürftig, und von den Häusern fallen nur wenige Lichtstrahlen auf den Gehweg. Unter einer Straßenlampe wirft Oliver einen besorgten Blick auf seine Uhr. Er dreht sich dann zu Nick herum, der fünf Schritte hinter ihm geht.
„Menschenskind, komm endlich, wir müssen uns beeilen."
„Du redest wie ein verfluchter Eselstreiber!"
„Muss ich doch. Du hast es gut, deine Alten sind nicht so streng. Aber bei mir wird's wohl wieder Ärger geben."
„Gewöhnungssache", erklärt Nick ungerührt. Er tut so, als hätte er alle Zeit der Welt und scheint sich eher für den dunklen Himmel zu interessieren, den er aufmerksam beobachtet.
„Verdammt, wir hätten eher abdampfen sollen", stellt Oliver schuldbewusst fest. „Jetzt ist es fast elf."
Untere Kanalstraße. Sie sind auf dem Weg zum Busbahnhof, um einen der letzten Busse mitzukriegen.
„Sag deinen besorgten Eltern, du konntest überhaupt nicht eher weg", empfiehlt Nick. „Immerhin war das eine Klassenfete, einsamer Höhepunkt unseres schulischen Lebens, und da kann man sich nicht einfach so verdrücken. Mitverantwortung nennt man das."
„Okay, ich komm schon irgendwie klar", meint Oliver, der sich keine lange Grundsatzrede anhören möchte, jedenfalls nicht zur Nachtzeit.

„Katrin ist eine gute Ausrede", meint Nick nach einer Weile. „Deine Eltern haben bestimmt Verständnis dafür, dass wir sie erst nach Hause bringen mussten."
„Irrtum. Für Mädchengeschichten haben sie überhaupt kein Verständnis. In letzter Zeit sprechen sie sowieso nur noch von meinem schulischen Untergang, weil ich angeblich zu viel Flausen im Kopf ..."
In diesem Moment nehmen sie über sich ein leises Geräusch wahr, und schon fliegt eine dunkle Gestalt durch die Luft und landet direkt vor ihren Füßen. Die Person rappelt sich hoch und will humpelnd wegrennen. Aber sie schafft es nicht. Nick und Oliver haben sich in einen Hauseingang geflüchtet. Sie können nicht erkennen, woher der Mensch kam, der sie beinahe unter sich begraben hätte. Und sie können nicht sicher sein, dass ihm nicht noch ein zweiter folgt. Nick deutet nach oben, wo nun aufgeregte Stimmen zu hören sind.
„Könnt ihr denn nicht besser aufpassen? Er ist schon wieder weg!", ruft jemand und schließt ein Fenster.
„Unglaublich!", flüstert Oliver. „Geradewegs mit einem Satz aus dem Fenster, aus dem ersten Stock!"
Und dann erkennen sie, dass die Person noch ziemlich jung ist. Bestimmt nicht älter als zehn.
„He, willst du fliegen lernen?", fragt Nick.
Der Junge jammert und versucht wegzulaufen. Er muss sich aber an der Hauswand abstützen, um nicht auf den Gehweg zu stürzen. Mit beiden Händen massiert er seinen linken Oberschenkel.
„Haut ab!", zischt er. „Lasst mich in Ruhe!"
„Hast du dir wehgetan?"
„Wehgetan? Na klar!"

„Aber wieso springst du so ...?“
„Klappe! Ich muss hier weg! Sofort weg!“
Mehrmals klopft der Junge seine Hosentaschen ab.
„Scheiße, hab mein Feuerzeug verloren“, sagt er.
Oliver und Nick trauen sich nun näher heran. Sie stehen links und rechts neben ihm. Er reicht ihnen gerade mal bis zur Schulter. Eine schmächtige Figur, schwarze Lederweste und ausgefranste schwarze Jeans, kurze Stoppelhaare, eine vorwitzige kleine Nase, schmerzvoll zusammengekniffene Augen.
„Wohnst du hier?“, fragt Oliver.
„Nee, im Gegenteil! Sie sind hinter mir her. Ich muss sofort zu Ibo, zu meinem Bruder. Am Bahnhof oder am Dom, da könnte ich ihn treffen. Weil das unser Revier ist. Aber ich weiß nicht, ob ich das schaffe.“
„Liegt in unserer Richtung“, meint Nick. „Wir könnten dich begleiten.“
Der Junge schaut Nick und Oliver misstrauisch an und nickt dann. Er humpelt los. Oliver will ihm einen Arm um die Schulter legen, aber der Junge stößt ihn sofort zurück.
„Hände weg! Ich bin kein Opa!“
Trotz seiner Schmerzen versucht er möglichst schnell voranzukommen. Dann stoppt er und sieht sich suchend um. Er humpelt in einen völlig dunklen Hofeingang. Zwei, drei Minuten lang bleibt er verschwunden. Als er wieder erscheint, sitzt er auf einem Fahrrad und radelt grinsend an Oliver und Nick vorbei.
„Und tschüs!“
„He, warte mal! Nimm uns mit!“, ruft Nick hinterher.
Aber der Junge dreht sich nur kurz auf dem Fahrrad um und zeigt ihnen den Mittelfinger.

„Idiot!", schreit Nick.
Ihnen bleibt nichts anderes übrig, als ihren Weg zu Fuß fortzusetzen. Er ist nicht mehr zu sehen, der Springer.
„Wieso sind der Dom und der Bahnhof sein Revier?", fragt Oliver nachdenklich. „Klingt nicht gut, oder?"
„Abgezockter Typ", stellt Nick fest, dem die Müdigkeit anzumerken ist.
Als sie schließlich im Bus sitzen, will Oliver noch einmal über den kleinen Fensterspringer reden, aber Nick winkt wütend ab. – „Abhaken. Den sehen wir nie wieder."

Klar, am nächsten Morgen, schon auf dem Weg zur Schule, ist die Wahnsinnsklassenfete in aller Munde. Selbstverständlich auch bei Thomas, Nick und Oliver, die sich wie immer im Bus treffen. Eine Supershow, bärenstark, unerwartet geil, das ist einhellige Meinung. Oliver beteiligt sich nicht so begeistert an dem Gespräch, weil er zu Hause tatsächlich noch einigen Ärger wegen seiner Verspätung bekam. Aber als Nick von dem kleinen Fensterspringer erzählt, wird seine Stimmung erheblich besser.
„Gehetzt und kaputt wirkte der Kleine", meint Oliver. „Als wären alle bösen Geister hinter ihm her."
„In der Unteren Kanalstraße gibt's ein Kinderheim", weiß Thomas zu berichten. „Ein Heim für Schwererziehbare."
Wie zufällig kommt Katrin hinzu und bedankt sich noch einmal bei Oliver für das Nach-Hause-Bringen. Seit wenigen Tagen trägt sie ihre blonden Haare ganz kurz. Sie stehen in starkem Kontrast zu der von ihr bevorzugten dunklen Kleidung. Seitdem sie aufgetaucht ist, strahlt Oliver übers ganze Gesicht. Obwohl er sich fragt, ob ihre Haarfarbe echt ist, lässt sich Nick von Katrins Anwesenheit nicht ablenken.

„So wie er angeflogen kam, der Kleine, war er auch wieder verschwunden“, erklärt er. „Und wir wissen nicht einmal, warum er dahergeflogen kam.“
„Geschweige denn seinen Namen“, ergänzt Oliver.
Thomas meint, schon mal in einer Zeitung etwas von einer Clique gelesen zu haben, die eine Zeit lang am Bahnhof ihr Unwesen trieb. Aber an mehr kann er sich nicht erinnern. Vielleicht gibt's dort eine neue Gang.
„Was heißt hier Unwesen?“, will Katrin wissen.
„Ich wüsste nur zu gern, was unser Fensterspringer da treibt, am Bahnhof und am Dom“, meint Oliver.
„Ganz einfach, ihr Spürnasen. Wir gehen hin und sperren Augen und Ohren auf“, schlägt Thomas schließlich vor.
Gleichzeitig klingelt es zum Unterrichtsbeginn. Ende des Palavers. Jetzt noch schnell die Verabredung:
„Nach der fünften Stunde im ‚Tartüff‘! Pünktlich!“
„Ich komm auch mit“, verkündet Katrin kurz entschlossen.
Oliver stimmt sofort zu. Voller Tatendrang stülpt er sich eine Sonnenbrille auf die Nase. „Zur Tarnung“, sagt er.

Nick steuert das ‚Tartüff‘ an, ein Straßencafe, vor dem Tische und Stühle aufgestellt sind. Von dort aus hat jeder, der es will, alle Passanten im Blick. Weil Jana dabei ist, mimt Nick den Krösus. Er gibt eine Runde Cappuccino aus. Katrin und Oliver, die mit ihren Inline-Skates gekommen sind, stehen mehr auf Eis. Stracciatella.
„Wohin denn jetzt?“, fragt Thomas, nachdem eine Viertelstunde verstrichen ist.
Er wedelt ungeduldig mit zwei Zuckertütchen herum, während sich Katrin schon die zweite Zigarette ansteckt. Sie ist die einzige Raucherin in der Runde.

„Zum Dom“, schlägt Jana vor. „Da war ich nämlich schon lange nicht mehr.“
Katrin ist einverstanden, denn um den Dom herum lässt es sich prima auf dem Asphalt fahren. Sie ist sofort aufgesprungen.
„Eigentlich eine blöde Idee, nach diesem komischen Kind zu suchen“, meint Nick mit einem Mal. „Lasst uns hier lieber noch etwas herumhängen.“
Aber Katrin und Oliver sind schon auf ihren Skates abgedüst. Der Rest schlendert dann auch los, ziemlich unentschlossen, was das Ziel anbelangt. Nick schließt sich mürrisch an.
Vor dem mächtigen Dom wimmelt es von Touristen. Skater und Skateboardfahrer haben Spaß daran, durch deren Reihen zu kurven und riskante Sprünge zu zeigen. Hand in Hand rasen Katrin und Oliver dahin. Dann breiten sie die Arme aus, um im Vorbeisausen möglichst viele Menschen zu berühren.
In der Menschenmenge marschiert Thomas voraus und hält Ausschau nach dem kleinen Fensterspringer. Oliver und Nick hatten ihn haargenau beschrieben, sodass er sicher ist, ihn auf Anhieb erkennen zu können. Aber weder hier, noch am Bahnhof lässt sich der Kleine blicken. Nick und Jana, Katrin und Oliver haben es sich plötzlich anders überlegt. Sie finden es gähnend langweilig, hier jedenfalls. Abflug also.
„Man sieht sich, Thommy! Tschüs, bis morgen!“
Und schon verschwinden sie auf den Treppen zur U-Bahn. Thomas kann nur noch hinterhersehen.
„Elende Spielverderber!“
Er findet sich unversehens allein auf dem Bahnhofsvorplatz wieder. Echt sauer ist er. Weil seine Freunde ihn einfach ste-

hen lassen. Weil er jetzt nicht auch mit einer Freundin davonziehen kann. Gemein, so was. Immerhin war es seine Idee, hierher zu kommen. Wütend tritt er gegen eine Pappschale mit Pommes frites. Die Pommes kullern über den Gehweg. Ein älteres Ehepaar weicht zur Seite aus.
„Sauerei!", schimpft der Mann.
Okay, Rückzug. Thomas wohnt am Ende der Fußgängerzone. Den kurzen Weg schafft er zu Fuß.
Als er den Alten Markt erreicht, auf dem überraschenderweise ein Flohmarkt stattfindet, verlangsamt er seine Schritte. Und plötzlich bleibt er stehen. Der Fensterspringer! Nicht zu glauben! Da lehnt jemand an einer Platane, auf den die Beschreibung hundertprozentig zutrifft. Na ja, mindestens neunzigprozentig. Thomas will sich nicht das geringste anmerken lassen. Langsam wandert er weiter, scheinbar sehr interessiert an dem ausgestellten Krimskrams.
Als er kehrt macht, ist der Junge immer noch da. Ja, die Beschreibung stimmt. Scheinbar teilnahmslos lässt der die endlosen Reihen von Leuten an sich vorbeiziehen. Ganz wenigen Menschen schaut er etwas genauer nach.
Was tun? Thomas überlegt verzweifelt, er kommt zu keinem vernünftigen Ergebnis. Auf jeden Fall dran bleiben, falls er weiterzieht. Dranbleiben – und dann?
Thomas schlägt einen Haken und beobachtet den Kleinen aus den Augenwinkeln. Noch eine Runde. Aber plötzlich ist der Junge weg. Eingekeilt in eine Menschenmenge, die ihn in die falsche Richtung schiebt, kann Thomas nicht so schnell zurück.
„Scheiße!"
Thomas' Blicke gehen nach links und nach rechts. Schade, er ist verschwunden, der Kleine, unauffindbar.

Mit einem Mal klopft ihm jemand auf den Rücken. Thomas dreht sich betont langsam herum.
„Du beobachtest mich. Was willst du?“
Der Kleine. Tatsächlich. Das ist er. Thomas starrt ihn an.
„Worum geht's?“, fragt der Fensterspringer. „Brauchst du Stress?“
„Ich, ich weiß nicht. Ich kenn dich ja gar nicht.“
„Du spionierst mir nach. Anglotzen, das kann ich aber auf den Tod nicht vertragen!“
„Was ist denn?“
Der Junge, der erstaunlich selbstbewusst wirkt, versperrt Thomas den Weg. Er fasst ihn an beiden Armen. Seine Augen signalisieren unbedingte Entschlossenheit. Dieser Blick lässt Thomas zurückschrecken.
„Los, gib's zu. Oder willst du Ärger mit meinem Bruder kriegen?“
„Wieso denn ...?“
Dann kommt Bewegung in die Menge. Zwei Sekunden lang zeigt sich der Fensterspringer irritiert, dann holt er aus und verpasst Thomas einen Schlag in den Magen, sodass er aufschreit. Stöhnend kippt Thomas nach vorn und kann sich nicht mehr auf den Beinen halten. Unwillkürlich klammert er sich an den Schläger.
„Hau ab!“
Der Kleine schubst ihn weg und will sich verdrücken. Er will sich eine Gasse schaffen, drängt die Leute an die Seite. Aber mehrere junge Männer rennen herbei, ergreifen den Springer, ergreifen auch Thomas und drehen beiden die Hände auf den Rücken. Dem Kleinen werden sogar Handschellen umgelegt.
„Polizei! Ihr seid festgenommen!“

Die Männer halten den beiden ihre Kripomarken vor die Nase.
„Hoppla, das ist aber ein Irrtum", stößt Thomas hervor, während er sich verzweifelt zu befreien versucht. Der kleine Fensterspringer scheint plötzlich seine Sprache verloren zu haben. Er starrt die Zivilpolizisten nur hasserfüllt an.
Es sind vier Männer. Ihre Pistolen stecken in Schulterhalftern. Im rechten Ohr tragen zwei von ihnen einen Lautsprecherknopf, von dem ein dünnes Kabel unter ihre T-Shirts führt. Sie haben Schweißperlen auf der Stirn.
„Los, mitkommen! Alles Weitere klären wir auf der Wache!", verkündet einer der Männer, die alle einen sehr sportlichen Eindruck machen. Sich zur Wehr zu setzen, hat keinen Sinn.
„Könnte ich vielleicht mal erklären ..."
Ehe Thomas sich versieht, ist er auf dem Weg zu einem Parkplatz, wo er in ein Polizeiauto geschoben wird. Uniformierte Polizisten nehmen ihn in Empfang. Der Fensterspringer wird in ein anderes Auto gedrängt.
„Bitte, ich muss Ihnen was erklären", beginnt Thomas wieder, obwohl ihm niemand zuhören will. „Ich bin doch nur zufällig hier."
„He, der ist noch nicht durchsucht", stellt einer der Polizisten fest.
Thomas muss noch einmal raus. Draußen gibt man ihm unmissverständlich zu verstehen, beide Hände auf die Seitenwand eines Transporters zu legen. Blitzschnell wird er von zwei Männern abgetastet.
„Nicht schlecht", sagt einer der Durchsuchenden.
Er hat Thomas zwei Scheckkarten, vier Hundertmarkscheine und eine Kreditkarte aus der Hose gezogen. Thomas staunt. Er kann sich das alles nicht erklären. Da läuft ein

schlechter Film vor ihm ab. Nein, er spielt sogar mit. Aber er hat gar keine Möglichkeit einzugreifen.
„Ausweis?“
„Hab ich nicht bei mir.“
„Gut, die Personalien klären wir ab. Bloß keine Panik.“
Thomas nimmt wieder in dem Streifenwagen Platz. Ein Polizist hockt vorn am Steuer, der zweite direkt hinter dem Fahrer auf dem Rücksitz und Thomas sitzt hinten rechts. Er erkennt, dass es keineswegs nach Hause geht.
Er überlegt krampfhaft, was da mit ihm passiert ist. Das alles hat bestimmt etwas mit dem kleinen Fensterspringer zu tun. Aber was und wie? Und warum hat es ausgerechnet ihn getroffen? Hoffentlich sieht mich niemand, geht es ihm durch den Kopf. Hoffentlich klärt sich der Irrtum schnell auf.
Nach wenigen Minuten nähern sie sich einer breiten Hofeinfahrt. Der Streifenwagen stoppt für einen Augenblick. Thomas erkennt das Polizeigebäude wieder, dem er schon einmal einen Besuch abgestattet hat. Damals allerdings sah alles viel freundlicher aus. Außerdem konnte er einen anderen, einen einladenderen Eingang benutzen.
Das Polizeiauto hält vor einem zentnerschweren Rolltor mit engen Gitterstäben, durch die höchstens eine Katze hindurch käme. Das Tor öffnet sich schwerfällig, nachdem der Polizist am Steuer über Funk einen kurzen Auftrag erteilt hat. Quietschend rollt das Tor nach rechts. Sie fahren in einen schattigen Innenhof ein, in dem eine Menge Streifenwagen stehen.Thomas sieht sich um. Ein düsteres Dreieck, umgeben von fünfgeschossigen Bürogebäuden aus Backsteinen. Das Rolltor schließt sich automatisch. Wie in einem Gefängnis.

Auf der Polizeiwache wird Thomas eröffnet, dass er wegen Diebstahls festgenommen wurde. Wegen gewerbsmäßig betriebenen Taschendiebstahls. Möglicherweise spiele auch noch Hehlerei eine Rolle. Mit einer Bande jugendlicher Straftäter soll er seit Wochen bei Tag und Nacht unterwegs sein.
„Das ist doch alles Blödsinn!"
Dann geht es zwei Etagen hoch, zur Kripo.
Ein großer Büroraum, dessen Fenster zum Innenhof gehen. In der Mitte sind zwei Schreibtische gegeneinander gestellt. Zigarettengeruch hängt in der Luft. Zwei Kriminalbeamte beschäftigen sich mit ihm. Der eine ein Bodybuilding-Typ, der andere ein väterlicher Bierbauch. Sie deuten auf einen Stuhl. Thomas nimmt zögernd Platz. Mit fragenden Blicken sehen ihn die beiden an, nachdem sie ihm ein zweites Mal vorgehalten haben, was er alles ausgefressen haben soll.
„Ich hab doch gar nichts gemacht!"
Völlig eingeschüchtert nennt Thomas seinen Namen, sein Geburtsdatum und seine Anschrift. Dabei fällt ihm ein, dass seine Eltern ihn längst zu Hause erwarten. Von der Schule aus hatte er sie angerufen, aber nur etwas von einem kurzen Treffen mit seinen Freunden erzählt. Das sollte höchsten zwei Stunden dauern.
„Die Beweislage ist für dich allerdings erdrückend."
„Mit all den Sachen, von denen hier die Rede ist, hab ich doch gar nichts zu tun!"
„Und André Kopacz, Benni German, Ibo, Mohammed und David – mit denen hast du nichts zu tun? Wer soll dir das denn glauben?"
„Ich kenne die Typen überhaupt nicht! Nie gehört, die Namen. Ich will meine Eltern sprechen, sofort! Ich will hier raus! Raus!"

Vor lauter Verzweiflung hat Thomas zu schreien begonnen. Nein, nicht nur aus Verzweiflung, mehr noch aus Wut. Er merkt, dass ihm im nächsten Augenblick Tränen in die Augen schießen werden. Er schluckt ein paar Mal und fährt sich mit einer Hand übers Gesicht. Die bluffen auf Teufel komm raus, denkt er, die wollen mich weichkochen. Zum Henker, das schaffen die bestimmt.

„Einverstanden", sagt der Bierbauch. „Wir könnten dir auch noch einen Anwalt besorgen. Aber die Beweismittel, die wir bei dir gefunden haben? Geld, Kredit- und Scheckkarten – was ist damit?"

„Dafür habe ich keine Erklärung. Die Sachen gehören mir nicht. Ich hab sie vorher nie gesehen, bevor ich zufällig auf dem Flohmarkt gelandet bin. Die hat mir jemand in die Taschen gesteckt. Vielleicht der kleine Fensterspringer."

„Wie bitte? Fensterspringer? Was ist das für eine konfuse Geschichte?"

Thomas fürchtet, dass nun auch die Fragesteller die Nerven verlieren könnten. Er zwingt sich zu größter Besonnenheit. Bevor er sprechen kann, muss er wieder ein paar Mal schlucken. Sein Hals ist völlig ausgetrocknet.

„Dummerweise", sagt er, „ist das eine längere Geschichte. Geben Sie mir bitte Zeit, alles zu erklären."

Er bittet um ein Glas Wasser und erhält es auch sofort. Das Wasser schmeckt köstlich. Das sehen ihm die Beamten an und füllen das Glas ein zweites Mal. – „Danke."

Dann holt Thomas tief Luft und erzählt von der Klassenfete, von Olivers und Nicks nächtlichem Heimweg, von der unheimlichen Begegnung auf der Unteren Kanalstraße, von seinem verhängnisvollen Vorschlag herauszufinden, wer der kleine Fensterspringer ist.

Sein Bericht dauert mindestens zehn Minuten. Zum Glück hören die beiden Kriminalbeamten aufmerksam zu. Zwischendurch hat sich ihre Miene aufgehellt. Schließlich nicken sie ihm sogar aufmunternd zu.

„Glauben Sie mir bitte. So ist das gewesen", sagt Thomas zum Schluss.

Sein Mund ist wieder völlig trocken, sein Kopf irgendwie leer. Die Beamten sehen sich kurz an. Dann sagt der ältere: „Okay, wir beraten uns jetzt mit unseren Kollegen. Warte hier. Du bekommst gleich Bescheid, wie es weitergehen wird."

Damit verschwinden beide durch die Tür zum Nebenzimmer. Über der Tür befindet sich eine runde Uhr, die wie eine Bahnhofsuhr aussieht. Siebzehn Uhr dreißig. Wenn sie mir nicht glauben, komme ich hier im Leben nicht mehr raus, geht es Thomas durch den Kopf. Sie haben mich voll in der Hand. Sie machen einen Ganoven aus mir, einen Nachwuchskriminellen. Nur deshalb, um irgendeinen Erfolg aufzuweisen.

Als er sich dazu durchgerungen hat, ungefragt eines der Telefone zu einem Hilferuf zu nutzen, sind die beiden Kriminalbeamten wieder da.

„Also nochmals: Du hattest bisher keinen Kontakt zu der Gruppe?", fragt die Vaterfigur, die sich auf die Schreibtischplatte gesetzt hat.

„Das kann ich beschwören!", kommt es von Thomas, wie aus der Pistole geschossen.

„Wir sind hier nicht bei Gericht", belehrt ihn der Bodybuilder. „Du musst einsehen, dass du es mit äußerst gefährlichen Leuten zu tun hast. Benni, das ist dein elfjähriger Fensterspringer, und sein älterer Bruder Ibo sind Stammkunden bei

uns. Ibo ist der Chef, dreizehneinhalb. Taschendiebe und Erpresser, die sich bei ihren Taten immer wieder anderer Helfer bedienen."
„Geraten sie in Schwierigkeiten", ergänzt der andere Beamte, „dann wird die heiße Ware blitzschnell einem Unbeteiligten zugeschoben."
Thomas sieht die Männer erleichtert an. Seine Chancen scheinen zu steigen. Der ältere Beamte liefert noch einige Ergänzungen nach:
„Diese Kids wissen genau, dass sie noch nicht strafmündig sind. Wir fangen sie immer wieder ein, schreiben uns die Finger wund, liefern sie in einem Jugendheim ab, und schon sind sie wieder weg. Dauernd auf dem Sprung. Schleppen wir sie mal zu einem Richter, lässt er sie wieder laufen. Es ist zum Heulen."
Die beiden Kripobeamten geraten regelrecht ins Plaudern. Der Bodybuilder berichtet, dass auch Bennis Bruder Ibo vor ein paar Minuten festgenommen wurde, mit einem Koffer voller Kleingeld, vermutlich aus geknackten Spielautomaten stammend ...
„Und was passiert jetzt mit mir?", will Thomas wissen, den die plötzlich so redseligen Beamten nerven.
„Fristlos entlassen. Du kannst jetzt deine Eltern anrufen, damit sie dich hier abholen."
Der Kripomann hat bereits einen Telefonhörer in der Hand.
„Nein danke, ich hab's nicht weit, ich geh zu Fuß", wirft Thomas ein und springt sofort von seinem Stuhl auf.
Die beiden beobachten ihn genau, jetzt mit einem schwachen Lächeln im Gesicht.
„Nichts für ungut!", sagt der Bodybuilder und schüttelt Thomas die Hand. Er hat einen Händedruck wie eine Frau.

Auf dem langen Flur, der zum Treppenhaus und Ausgang führt, atmet Thomas tief durch. Er merkt jetzt, dass seine Finger zittern und dass er total verschwitzt ist.
Selbstverständlich fallen ihm, als er draußen steht, Nick und Oliver, Katrin und Jana ein. Seine Wut nimmt wieder zu. Morgen früh werde ich denen was erzählen!
„Wisst ihr was? Ich hab die Schnauze voll vom Herumspionieren. Ende! Aus! Mit mir nicht, meine sehr geehrten Damen und Herren! Ihr könnt mich mal!"
Aber immerhin weiß ich jetzt, wer der kleine Fensterspringer ist …

„Oh, Mann, den Thommy können wir abschreiben. Der ist immer noch sauer und völlig von der Rolle!“
Als er das sagt, wirkt Oliver richtig geknickt. Thomas hat sich noch nicht von der Geschichte mit Benni, dem Fenster-springer, erholt. In der Schule macht er kaum noch den Mund auf, in den Pausen spaziert er allein über den Schulhof.
„Deshalb sollen wir jetzt auch die Ohren hängen lassen?“, fragt Katrin.
Oliver und Nick machen unentschlossene Gesichter. Mit Thomas sind sie immerhin engstens befreundet, erklären sie. Seit langer Zeit schon dicke Freunde. Aber fürs Erste hat er sich von allen zurückgezogen. Da kann man nichts machen.
„Okay, dann unternehmen wir vier etwas“, schlägt Jana kurzerhand vor.
„Na klar, ihr Mini-Kriminalisten. Lassen wir die schreckliche Vergangenheit hinter uns“, meint Katrin. „Nichts mehr mit Überfall und Klauen und Kreditkarten.“
„Schöne heile Welt, wir kommen“, meint Oliver.
„Aber Kino, das ist heute nicht mein Fall“, verkündet Nick nach ein paar Minuten, indem er über die Straße hinweg weist. Auf der anderen Straßenseite ist der ‚Euro-Palast‘ zu erkennen. Die Filmangebote lassen sich auch aus der Distanz begutachten. Es ist nichts Sehenswertes dabei, findet Nick. Dann deutet er auf ein Plakat an der Schaufensterscheibe eines Modegeschäfts.

„He, das ist es doch! Die *Speedway Girls.* Echt tolle Mädchen! Wenn die Karten nicht zu teuer sind, müssen wir am Samstag hin. Ehrensache."
Diesmal schüttelt Jana den Kopf.
„Da gibt es zu viele, die eine Menge Speed einwerfen. Nicht mein Fall."
Außerdem hat sie etwas entdeckt, was sie mehr interessiert. An der Straßenecke, in einem Kiosk, schaut eine schwarzweiße Katze mit unübersehbarer Neugier aus der Verkaufsklappe. Jana geht sofort zu ihr. Aber ehe sie die Katze streicheln kann, erscheint der füllige Oberkörper einer Frau in dem Kioskfenster. Die Frau beginnt gleich zu keifen, sodass sich Jana erschreckt zurückzieht.
„Blöde Kuh!", faucht sie, und sie sieht Nick auf eine Weise an, dass er sich zu einer Racheaktion veranlasst fühlt. Er hat sie sofort verstanden, lehnt sich auf den Zeitungstresen und gibt eine Bestellung auf:
„Eine Packung Gummis!"
„Was bitte?"
„Gummis. Ist doch ein deutsches Wort, oder?"
„So was hab' ich nicht", erklärt die Frau abrupt.
„Ein Päckchen Kaugummi", beginnt Nick aufs Neue. Er kneift Jana ein Auge zu. Oliver und Jana drehen sich prustend zur Seite.
„Ach so – kein Problem!"
Als er bezahlt hat, wiehert Nick tierisch los. Er ist sich völlig sicher – für Jana ist er der Allergrößte.
Kaugummi kauend schlendern die vier wieder in die Nähe des Kinos. Nick deutet noch einmal auf das Plakat von den *Speedway Girls.*
„Darüber haben wir doch schon vor vier Wochen gespro-

chen und waren uns einig. Ich jedenfalls lass mir die nicht entgehen. Und was ist mit euch? Alles klar?"

Katrin ist heilfroh, dass sie beim Verkehrsverein vier Karten besorgen konnte. Mit Ach und Krach, denn das Konzert der *Speedway Girls* war fast schon ausverkauft. Und die Karten waren nicht gerade billig.

Aber jetzt gibt es neue Schwierigkeiten. Olivers kleine Schwester will unbedingt mit. Das heißt, er hat den elterlichen Auftrag, sie mitzunehmen.

„Olli, lass dich nicht unter Druck setzen", meint Nick.

„Du hast gut reden", knurrt Oliver. „Wenn ich Susanne mitnehme, zahlen meine Eltern unsere beiden Karten. Wäre eine sehr willkommene Entlastung meines Taschengeldetats."

Und am gleichen Tag meldet sich auch noch Thomas. Selbstverständlich steht er auch auf die *Speedway Girls*. Er will unbedingt mit.

„Na klar", erklärt Nick. „Thommy gehört dazu. Er hat sich gefangen, er ist wieder da."

„Ich werde wahnsinnig!", stöhnt Katrin, die sich in gewisser Weise für alle verantwortlich fühlt, zumindest was dieses Konzert anbelangt.

Sie marschiert ein zweites Mal zum städtischen Verkehrsverein, und sie landet auch wieder bei der netten Angestellten, die ihr die vier Karten besorgte. ‚Gerda Harkort' steht auf dem Schildchen auf dem mit Büchern, Heftchen, Plakaten und T-Shirts überladenen Schreibtisch. Bei der Frage nach zwei weiteren Konzertkarten macht die Frau allerdings ein ganz und gar untröstliches Gesicht.

„Tut mir leid. Nichts zu machen", sagt sie. „Wir haben kei-

ne einzige Karte mehr. Die Restkarten sind uns allesamt gestohlen worden."
Katrin sieht sie überrascht an. Gerda Harkort weist auf eine Seitenwand aus Glasbausteinen, die jetzt notdürftig mit einer Sperrholzplatte verkleidet ist.
„Am Wochenende haben die Diebe diese Wand durchbrochen und Bierkrüge, Hemden, die Portokasse, aber auch alle Karten mitgehen lassen. Hundertfünfzig Stück zu fünfundzwanzig Mark."
„Aber wer kann denn hundertfünfzig Karten gebrauchen?", fragt Katrin.
„Gebrauchen? Verkaufen! Zu Schwarzmarktpreisen an die Fans bringen."
Katrin beginnt zu rechnen. Ehe sie damit fertig ist, nennt ihr Frau Harkort den Marktwert der Karten.
„Die bringen mindestens viertausend Mark. Für die Ganoven lohnt sich das Geschäft. Falls alles klappt."
„Wird jetzt etwa das Konzert abgesagt?", fragt Katrin besorgt, die sich nach wie vor verantwortlich fühlt.
„Nein. Im übrigen sind die Karten nummeriert. Geklaut wurden die Nummern neuntausendsechshundertfünfzig bis neuntausendachthundert. Selbstverständlich haben wir das der Polizei mitgeteilt."
„Also brauchen die nur die Augen aufzuhalten", kombiniert Katrin, und Frau Harkort nickt bestätigend, meint dann aber:
„Das ist allerdings gar nicht so einfach! Vor der Halle ist die Hölle los. Außerdem könnten die Karten auch irgendwo sonst verhökert werden."

Das Angebot ist reichlich. Überall auf den kleinen Tischen

gibt es CDs, Shirts und Power-drinks. Fliegende Händler schwirren geschäftig herum und bedienen ihre speziellen Kunden mit kleinen Tabletten, mit *happy drops,* Glücklichmachern und Durchhaltestoffen. Einigen ist anzusehen, dass sie bei den *happy drugs* selbst ihre besten Kunden sind.

Jana schaut auf die Digitaluhr über dem Eingang der Eissporthalle. Viertel nach sieben. Mindestens zwanzigmal ist sie auf und ab gelaufen.

„Wir hatten doch ausgemacht …"

„Auf Thommy ist sonst eigentlich immer Verlass", stellt Nick fest. „Vielleicht ist ihm was Wichtiges dazwischen gekommen."

„Also, Freunde, die obligatorische Viertelstunde ist um. Jetzt warten wir nicht mehr", bestimmt Oliver.

Er zieht mit seiner Schwester los, um für sie eine Karte zu besorgen. Die Menge ist auf mindestens dreihundert Menschen angewachsen. Am Halleneingang gibt es ein fürchterliches Gedränge, weil die Fans nur einzeln hineingelassen werden. Die Ordner haben eine enge Kontrollschleuse eingerichtet. In der Halle dröhnt die Vorgruppe. Techno-Sound wummert durchs Gemäuer.

Oliver hält Ausschau nach Kartenverkäufern. Ein paar jugendliche Händler, die mit drei oder vier Karten in der Hand herumwedeln, drängeln durch die aufgeregte Menge. Im Handumdrehen werden sie ihre Karten los. Zu gesalzenen Preisen.

Oliver fasst in seine Gesäßtasche, in der sich die Scheine befinden, die seine Eltern ihm mitgegeben haben. Keine Frage, sie waren echt großzügig.

„Himmel, wir haben zu lange gewartet. Wenn du mir keine Karte besorgen kannst, krieg ich deine", erklärt Olivers

Schwester fest entschlossen. „Und du wartest hier auf mich, bis die Show zu Ende ist. Sonst sag ich Papa ..."
„Du mit deinen zehneinhalb Jährchen, halt bloß die Klappe!"
Oliver ist nervös, denn mit Schwarzhändlern hatte er noch nie zu tun.
Früher hatte er sich darunter immer Männer mit dunklen Bärten, Trenchcoats und tief in die Stirn gezogenen schwarzen Hüten vorgestellt. Jetzt sieht er nur junge Leuten mit Baseballmützen, Lederwesten und bunten Pullis. Lockere Typen mit freundlichen Gesichtern.
„Braucht ihr noch Tickets?", fragt ein unauffälliger Zwanzigjähriger, der mit seinem Hund durch die dichten Reihen zieht.
Da ist einer, grüne Haare, riesige rosafarbene Sonnenbrille, der sich drei lilafarbene Karten in die Brusttasche gesteckt hat und durch die Menge steuert.
„Die allerletzte Chance, Leute!", brüllt er. „Greift zu, bevor es andere tun! Die allerletzte Chance!"
Neben ihm steht ein junger Mann mit einer gelben Mütze auf dem Kopf. Die Mütze hat dieselbe Farbe wie seine Zettel, die er verteilt. Oliver greift nach dem Papier und wirft es gleich zu Boden.
„Dämliche Reklame für die neue Discothek. Sunshine oder so ähnlich."
Susanne stupst ihren Bruder in die Seite. Sie nickt zu der Sonnenbrille herüber.
„Da greifen wir zu!", flüstert sie Oliver ins linke Ohr.
Mit ein paar Schritten ist sie bei dem Verkäufer, der sie genau taxiert, um zu erfahren, in welche Richtung ihre Wünsche gehen.

„Was kostet denn eine Karte?"
„Vierzig!", zischt der Angesprochene.
„Ach, ich denke fünfundzwanzig."
„Falsch gedacht. Na gut, drei zu fünfunddreißig."
„Zusammen?"
„Quatsch, fünfunddreißig pro Nase."
Unentwegt lässt der Typ seine Augen herumwandern, sicherlich auf der Suche nach besseren Kunden.
„Wir wollen doch nur eine", erklärt Oliver, der zwei Zwanziger in der Hand hält.
Seine Schwester schubst ihn entschlossen weiter.
„Halsabschneider!", ruft sie mit einer Kopfdrehung nach hinten, als sie in sicherer Entfernung ist.
„Außerdem nicht seriös genug", meint Oliver. „Zugedröhnt bis obenhin."
„Glaub ich nicht."
Dann stehen sie vor einem älteren Mann mit Vollbart, der noch über ein ganzes Dutzend Karten verfügt. Er wirkt wie ein richtiger Geschäftsmann.
„Dreißig", sagt er. „Sonderpreis."
Susanne nickt, und Oliver zahlt, obwohl er gern noch heruntergehandelt hätte. Mit einem Freudenschrei saust Susanne los. Wie eine Schlange windet sie sich durch die Menschenmenge. Strahlend präsentiert sie Nick die Karte.
„Endlich. Jetzt nichts wie rein!"
„Zeig mal her. Welche Nummer?", will Katrin wissen.
Sie sieht sich die Karte genauer an.
„Verdammt! Neuntausendsiebenhundertsiebenundsiebzig, die ist geklaut!"
Sofort blickt sie sich nach dem Mann um, der sich überaus gelassen anderen Interessenten zuwendet. Im Nu bildet sich

um Susanne herum ein kleiner Kreis. Alle starren auf die Eintrittskarte.
„Was jetzt?", fragt Jana.
„Glaubt ihr denn, ich geb sie zurück?", empört sich Susanne. „Ich bin doch nicht so blöd und geh zur Polizei. Niemals!"
„Links neben der Halle stehen zwei Polizeiautos", erklärt Katrin.
„Kommt gar nicht infrage", entscheidet Susanne, ergreift ihre Karte und drängt zum Eingang der Eishalle.
In dem Moment taucht Thomas mit seinem Fahrrad auf, das er mühsam durch die Menge schiebt. Er sieht abgekämpft aus.
„Geschafft. Leute, habt ihr mir eine Karte besorgt?", fragt er, völlig außer Atem.
„Nee, wir dachten ...", will Jana erklären.
„Okay, okay, keine Panik. Susanne kauft noch eine dazu", bestimmt Nick. „Los, macht euch auf die Socken. Aber bei demselben Verkäufer."
Nick nimmt seinen schwarzen Rucksack von der Schulter.
„Was hast du vor?", will Jana wissen.
Aber Nick hat es nun eilig. Er nimmt Oliver und seine Schwester zur Seite und redet ein paar Takte mit ihnen. Sie nicken. Während Thomas sein Rad wegbringt, ziehen sie los, suchen den Verkäufer mit dem Vollbart. Nick geht ihnen schmunzelnd nach. Er hantiert an seinem Rucksack herum, lässt aber eine Hand in dem Sack.
Susanne deutet schließlich auf den gesuchten Kartenverkäufer. Sie drängelt sich zu ihm durch, kommt blitzschnell mit ihm klar und nimmt eine zusätzliche Karte in Empfang. Sie ist noch begeisterter als vorher. In dem Augenblick, als sie

dem Mann überglücklich einen Kuss auf den Vollbart haucht, flammt Blitzlicht auf. Der Mann ist ganz verdattert und brüllt dann wütend los. Er will sich auf Nick und seine Kamera stürzen. Der taucht aber rechtzeitig ab, und der Mann verschwindet in Windeseile.
„Den haben wir im Kasten! Zweimal sogar!"
Seelenruhig macht Nick noch zwei Fotos, nämlich von Susanne und ihrem Bruder, die ihre Karten triumphierend in die Höhe halten. Danach verstaut er seinen Fotoapparat wieder in seinem Rucksack. Er schlägt wieder einen Haken und macht sich dann auf die Suche nach Thomas.
„Klasse, vielen Dank!"
Thomas hat nur die Hälfte des Geschehens mitbekommen. Er ist ziemlich durcheinander, als ihm Susanne die lilafarbene Karte überreicht.
„Nummer neuntausendsiebenhunderteinundachtzig!", stellt sie mit einem Blick auf die Eintrittskarte fest.
Plötzlich ist der Typ mit der gelben Mütze da. Ohne seine Reklamezettel. Er sieht wütend aus, wild entschlossen.
„Her damit!", schreit er los. „Her mit den Fotos!"
Mit beiden Händen greift er nach Nicks schwarzem Rucksack. Geistesgegenwärtig dreht ihm Nick den Rücken zu, macht einen Buckel wie eine Katze und umklammert den Rucksack mit dem Fotoapparat, bevor alle anderen überhaupt merken, was los ist.
„Hau ab! Verzieh dich!"
Aber der Mützenträger weicht keinen Schritt zurück. Er verpasst Nick zwei Boxschläge in die Seite und Nick stöhnt auf und krümmt sich.
„Mein letztes Wort! Her damit!", brüllt der Angreifer, der im nächsten Moment ein Klappmesser aus seiner Jacke zieht. Er

hält es in der rechten Hand und geht auf Nick zu, der den Rucksack zu Boden sinken lässt. Nick ist leichenblass geworden.
„Bist du wahnsinnig?"
„Ich will den Film!"
Alle weichen vor dem Messer zurück. Auch die Leute drumherum. Aber bevor der Mützenmensch zugreifen kann, ist Thomas da. Blitzschnell schlägt er mit seiner Fahrradpumpe auf die Hand mit dem Messer, bekommt den Kerl am Hals zu fassen und drückt ihm die Pumpe gegen die Kehle. Beide stürzen hin.
Jana springt hinzu und stellt einen Fuß auf das Messer, das auf der Erde liegt. Mit einem Tritt befördert sie es zur Seite, unerreichbar für den Mützenmenschen.
„Weg!", schreit Nick. „Los! Abflug und weg!"
Bevor sich der Angreifer aufrappeln kann, sind Nick und seine Begleiter in der Menge untergetaucht.

Ohne etwas verabredet zu haben, treffen sie nach und nach am Eingang des Parkhauses ein, alle ein wenig blass um die Nase. Thomas trägt seine Luftpumpe so in der Hand, als wollte er sie wie ein Schwert benutzen.
„Puh, das war eng!", entfährt es Katrin.
„So was hab ich nicht erwartet", stöhnt Nick, der auf der rechten Seite seine Rippen betastet. „Hätte verflucht schief gehen können."
Als Letzte kommen Susanne und Oliver hinzu. Ohne ein Wort zu sagen, hocken sie sich auf eine halbhohe Begrenzungsmauer. Mit beiden Händen fährt sich Oliver immer wieder durchs Haar. Er wirkt total geschafft. Susanne wischt sich ihre Tränen aus den Augen. Schluchzend versteckt sie

sich hinter dem Rücken ihres Bruders. Jana kommt hinzu und legt einen Arm um sie und will sie trösten.
„Jetzt ist alles umsonst gewesen“, schluchzt die Zehnjährige. „Jetzt können wir doch nicht mehr in die Halle. Da werden wir alle abgestochen!“
Reihum sehen sie sich fragend an, Jana, Thomas, Nick und Katrin, Oliver und Susanne. Jeder erwartet von dem anderen eine Antwort.
„Ach was, bestimmt ist der Typ jetzt über alle Berge!“, verkündet Nick trotzig.
Erstaunlich schnell hat er seine Fassung wiedergefunden. Er wischt sich den Schweiß von der Stirn und blickt auf seine Armbanduhr, während Thomas seine verbogene Fahrradpumpe zu richten versucht.
„Leider nur noch Schrottwert“, verkündet er kurz darauf.
„Wir müssen sofort zur Polizei“, stellt Oliver ganz sachlich fest. „Jetzt können uns nur noch die Bullen helfen.“
Aber er findet keine Zustimmung. Wieder wird lange überlegt. Inzwischen hat Katrin ein Klettergerüst des nahen Spielplatzes erklommen. Sie starrt zur Eishalle, von der rockige Töne herüberwehen.
„Ich mache euch einen Vorschlag“, sagt sie, als sie zurückkommt. „Ich geh rüber und sehe nach, ob die Luft rein ist.“
Sie löst ein übereinstimmendes Kopfnicken aus und marschiert sofort los.
„Die zieht sich jetzt erst mal eine Lunte rein“, erklärt Jana, die nach wie vor etwas gegen das Rauchen hat.
Nach knapp fünf Minuten ist Katrin wieder da. Schon von weitem ist ihr hochgestellter linker Daumen zu erkennen. Mit der anderen Hand schnippt sie ihre Zigarettenkippe im hohen Bogen ins Gras.

„Alles in Butter. Ich konnte nichts Verdächtiges feststellen."
„Klasse! Jetzt ab in die Halle!", strahlt Nick. „Und bloß nicht vergessen: die beiden Karten unbedingt aufheben. Wir übergeben sie später der Polizei. Die dürfen dann auch meinen Film entwickeln. Auf Staatskosten. Schließlich haben wir ihnen wieder mal entscheidend geholfen. Zumindest mit Fotos von einer verdächtigen Person."
„Diese Schau haben wir uns echt verdient", meint Thomas, der nach seinem beherzten Eingreifen in allerbester Stimmung ist.
Sie rennen über die Wiese zur Eishalle. Ungeduldig drängeln sie sich durch die Kontrollschleuse. Nach wenigen Minuten gelangen sie völlig verschwitzt in die Halle, wo ihnen Rauchschwaden, Hitze, starke Musik und schrille Schreie entgegenschlagen. Vor und auf der Bühne geht es unter den aufgeregt herumschwirrenden Scheinwerferkreisen voll ab. Sie haben Glück. Obwohl es schon acht ist, sind die *Speedway Girls* noch nicht auf der Bühne. Die Vorgruppe gibt noch eine Zugabe, sie legt sich mächtig ins Zeug. Totale Beisterung in der Halle.
„Ende gut, alles gut", sagt Jana. „Was für ein Tag!"
„Wir sind wie Magneten. Irgendwie ziehen wir so was wie Kriminelle an", meint Thomas, der Mühe hat, sich auf das grelle Licht und die Lautstärke in der Halle einzustellen.

Der Beweis

„Ein Geschenk des Himmels!“, verkündet Nick.
Die sechste Stunde ist ausgefallen. Richard Heimann, der Religionslehrer, ist krank. Deshalb wollen Thomas und Nick noch durch die Stadt stromern. Nur so. Ohne Ziel. Mal hier, mal da reinschauen. Vor der Schule warten sie, bis alle anderen ihrer Wege gegangen sind. Dann schultern sie ihre Rucksäcke.
„Oh, Mann, ich bin ferienreif, reif für die Insel“, stellt Nick fest.
„Kopf hoch. Vier lange Wochen müssen wir noch durchhalten“, überlegt Thomas. „Dann lässt man uns raus aus der Tretmühle.“
„Ich muss mich zusätzlich in Geduld fassen“, sagt Nick. „Wir verreisen erst in den letzten beiden Ferienwochen. Das schlimmste ist, dass Jana gleich am Anfang mit ihren Eltern abdüst.“
„Mein Beileid.“
Als sie an Herkers Blumenladen vorbeigehen, bleibt Thomas stehen.
„Mensch, in drei Tagen hat meine Mutter Geburtstag, und ich hab noch kein Geschenk für sie.“
„Bitte, nicht heute. Mach dich morgen auf die Suche.“
„Okay, aber du könntest mir einen guten Tipp geben. Außer Blumen hab ich nämlich noch nicht den Schimmer einer Idee!“
Nick zieht entschuldigend die Schultern hoch.

„Du weißt doch – ich bin urlaubsreif. Meine Batterie ist leer." Erschöpft sinkt er auf einen der Blumenkübel vor dem Geschäft. Dann springt er auf und greift in seine Hosentasche, aus der er ein ovales Schild aus Messing hervorzieht. Das Messingschild passt genau in seine Hand. Auf der Vorderseite ist ‚Kriminalpolizei' zu lesen. Auf der Rückseite hat Nick seinen Namen eingeritzt.
„Na, was hältst du davon?"
Die Kripo-Marke baumelt an einer dünnen Kette. Nick lässt das Schildchen elegant um seinen Zeigefinger kreisen. Er hat ein überlegenes Grinsen im Gesicht. Thomas ist sichtlich beeindruckt.
„Ist das Ding echt?"
„Echter als echt. Schimanski trägt auch so was."
„Angeber!"
„Du musst zugeben, es sieht stark aus. – Wenn ich Glück habe, krieg ich von meinem Patenonkel so ein echt geiles Superding von Schimmi-Jacke."
Plötzlich fasst Thomas Nicks Arm und zieht ihn hoch. Mit beiden Händen hält er ihn fest. Er schiebt ihn vor sich her.
„Nicht umdrehen!"
„Was ist los?"
„Hinter uns! Da ist er wieder. Der mit dem Messer, der am Samstag hinter deinen Fotos her war. Dreh dich bloß nicht um."
„Bist du sicher? Was jetzt?"
„Ganz locker weitergehen, als sei nichts geschehen. Nicky, wir müssen überlegen. Etwas Zeit gewinnen."
Sie geben sich Mühe, ganz unverkrampft über das Straßenpflaster zu traben. Mit einer leichten Drehung des Kopfes

erkennt Nick, dass ihnen ein junger Mann folgt. Das könnte der Mützenmensch sein.
„Vielleicht ein blöder Zufall, dass er hinter uns ist", vermutet Nick.
„Glaub ich nicht. Ich hab das dumme Gefühl, dass er mit uns etwas vor hat. Obwohl ja schon drei Tage vorbei sind …"
„Also verduften, abtauchen."
„Wohin?"
„Bei Mario in den Laden!", schlägt Nick vor. „Das sind nur ein parr Schritte."
Thomas nickt und versucht ein unbefangenes Lächeln aufzusetzen. Als sie die Pizzeria Albino erreichen, schieben sie sich schnell durch die Eingangstür. Thomas drückt sie fest hinter ihnen zu.

„Hallo Mario!"
Der Pizzabäcker kommt ihnen freundestrahlend entgegen und schüttelt ihnen die Hand, als wären sie seine besten Kunden.
„Schule macht hungrig", sagt er. „Ihr wart schon lange nicht mehr bei Mario."
„Wir wollen uns nur mal eben ausruhen", erklärt Thomas, weil ihm im Augenblick nichts Besseres in den Sinn kommt.
„Und telefonieren", ergänzt Nick.
Thomas wirft sich auf eine Eckbank, von der aus er die Straße überblicken kann. Unter den Tischen schleicht der übergewichtige braune Kater Nero heran und reibt seinen mächtigen Kopf an Nicks Beinen. Er maunzt erfreut. Nick krault ihn und lässt die Straße nicht aus den Augen.
„Fürs erste zwei Cola", sagt Thomas.
Im gleichen Moment geht der fremde Verfolger vor dem

Fenster vorbei. Er schaut nicht durch die Scheibe, er geht einfach vorbei. Ohne seine gelbe Mütze.
„Stimmt“, sagt Nick. „Trotzdem kapier ich nicht, wie du ihn so schnell erkennen konntest.“
„Ich hab seinen Blick gespürt. Irgendwo an meinem Hinterkopf.“
Es sind nur zwei Tische besetzt. Karl-Heinz, der wie ein echter Italiener aussieht, werkelt am offenen Ofen herum. Er bestückt zwei Warmhaltekartons für den Pizza-Service.
„Telefon?“
Mario fragt nicht lange, er stellt ihnen sein Handy zur Verfügung. Nick versucht Oliver zu erreichen, danach Jana.
„Niemand zu Hause. Die sind beide noch in der Schule. Und die lieben Eltern sind auch nicht da, sie schuften sich für ihren Nachwuchs krumm.“
Katrins Nummer muss Nick im Telefonbuch suchen. Am anderen Ende meldet sich nach endlos langer Zeit Katrins Mutter. Sie hat eine völlig verschlafene Stimme. Nick weiß nicht, was er ihr sagen soll und schaltet das Handy ab.
„Falls er uns beobachtet hat, sitzen wir jetzt in der Falle“, flüstert Thomas. Geistesabwesend krault er das Fell des braunen Katers, der zufrieden schnurrt.
„Cool bleiben. Wir haben es nicht mit der Mafia zu tun“, erklärt Nick ganz weltmännisch.
„Bist du sicher? Der Nachwuchs drängt überall nach vorn.“
Als dann aber der Fremde an der Tür erscheint, zuckt Nick doch zusammen. Mit entschlossenen Schritten kommt der Typ auf sie zu. Thomas und Nick springen auf. Sie wollen flüchten, sich in die Küche retten.
Karl-Heinz wittert Ärger. Er hält einen Pizzaboden in der Hand und knetet ihn zu einem Klumpen zusammen.

„Ich muss mit euch reden“, sagt der Fremde.
Thomas starrt auf die schmalen Hände des ungebetenen Gastes. Zum Glück ist kein Messer zu erkennen.
„Ich schlage vor, wir setzen uns und bestellen etwas zu essen.“
Der Typ hat sie, so scheint ihnen, voll in der Hand. Nick und Thomas sind sofort einverstanden. Sie zwängen sich hinter den Tisch auf eine Bank, und ihr Gesprächspartner nimmt gegenüber Platz. Karl-Heinz beeilt sich, weil der Chef in den hinteren Räumen zu tun hat, die Bestellung aufzunehmen. Für Nick und Thomas das Übliche, für den Fremden ein Salat Vesuvio. Karl-Heinz wirft Thomas und Nick einen fragenden Blick zu. Als er keine Reaktion feststellt, verbeugt er sich zweimal und kehrt an seinen heißen Arbeitsplatz zurück.
„Ich schlage euch ein Geschäft vor“, beginnt der junge Mann unvermittelt.

Er wirkt ganz anders als vor der Eishalle. Diesmal strahlt er eine unerwartete Sicherheit aus. Sicherheit und Gelassenheit. Ohne dass Nick oder Thomas ihn dazu auffordern, beginnt er zu erzählen.
Er heißt Timo, lebt bei seinem Vater und macht seit zwei Jahren eine Elektro-Lehre. Sein Bruder geht noch zur Schule. Die Eltern sind geschieden, sein Vater seit zehn Monaten arbeitslos. Seit einem halben Jahr wissen sie, dass die Mutter Brustkrebs hat. Zu spät erkannt. Die Chancen für sie sind gering. Sein Vater wollte sie nicht tatenlos ihrem Schicksal überlassen. Operation. Kur. Hoffnung. Chemotherapie. Kein Geld.
„Aber ihr wollt meinen Alten hochgehen lassen. Ihr liefert ihn an die Bullen aus. Das ist eine Schweinerei!“

Thomas macht prompt ein schuldbewusstes Gesicht und Nick beeilt sich, sein Bedauern auszudrücken.
„Tut uns leid. Aber warum hast du uns nicht gleich Bescheid gegeben? Anstatt mit dem Messer herumzufuchteln."
„Ich war voll daneben, wusste nicht mehr ..."
„Und wieso macht ihr krumme Geschäfte?", fragt Nick, der sich offensichtlich wieder im Griff hat. „Geschäfte mit geklauten Karten. Ist das denn fair?"
Timo setzt seinen Bericht fort. Krumme Geschäfte? Sein Vater nimmt halt jede Arbeit an. *Jede.* Aber es gibt keine große Auswahl. Jemand hat ihm die Karten angeboten. Preisgünstig. Er wollte sie versilben und wusste nur, dass nicht alles korrekt war mit den Dingern. Allerdings, es hätte sich gelohnt.
„Aber dann kamt ihr dazwischen", schließt Timo seinen Bericht ab. „Die Jäger eröffnen die Hasenjagd."
Thomas und Nick rücken näher zusammen, und Thomas räuspert sich verlegen.
„Nun ja, vielleicht ist es noch nicht zu spät", meint Timo.
Karl-Heinz kommt an den Tisch, stellt eine appetitlich angerichtete Salatschüssel vor Timo und beeilt sich mit den beiden Pizzas. Die Jungs warten, bis er alles serviert und sich wieder zurückgezogen hat.
„Was ist das für ein Geschäft, das du uns vorzuschlagen hast?"
Thomas rutscht aufgeregt hin und her. Zum Glück sind keine Gäste hinzugekommen, keine fremden Zuhörer.
„Ganz einfach", sagt Timo. „Film gegen Bargeld."
„Aber wir ...", möchte Thomas einwenden.
„Was ist mit deinem Vater?", fragt Nick dazwischen. „Etwa schon verhaftet?"

„Nein, er hat sich verkrochen. Ich weiß nicht, wo er steckt. Er ist untergetaucht. Aber das hält er nicht lange durch. Das Alleinsein. Außerdem muss er sich doch um meine Mutter und um uns kümmern."
„Immerhin arbeitet er mit Dieben zusammen", stellt Nick fest. „Mit denen will er Kohle machen. Viel Kohle. "
Timo windet sich. Er mag das alles nicht hören. Seine Selbstsicherheit ist jetzt geschmolzen wie ein Schneemann in der Mittagssonne.
„Außerdem haben wir ihn nicht verraten", ergänzt Thomas. „Am Sonntag waren wir bei der Polizei. Wir haben nur die zwei Karten und den Film abgeliefert."
„Also doch! Ihr Idioten!"
Mit beiden Händen schlägt Timo auf den Tisch. Fast hätte er in die Salatschüssel geschlagen. Seine Hände sind zu Fäusten geworden.
„Ich hatte es befürchtet."
Mit gesenktem Kopf und hängenden Schultern sitzt er dann am Tisch und überlegt. Minuten vergehen.
„Ihr müsst eure Aussage widerrufen", sagt er dann.
Der Duft der frischen Pizzas steigt ihnen in die Nase. Obwohl sie Hunger verspüren, trauen sich Nick und Thomas nicht an ihre Holzplatten.
„Timo, wir haben doch gar keine Aussage gemacht", stellt Thomas klar. „Am nächsten Tag haben wir nur die Beweisstücke zur Polizei gebracht."
Timo steht auf, zieht seine Jacke zurecht und geht.
„Dann ist alles zu spät!", sagt er.
Er öffnet die Tür der Pizzeria und sieht sich nicht mehr um.

Thomas will das Polizeigebäude auf keinen Fall mehr betre-

ten. Um nichts in der Welt. Nein, zur Polizei geht er nicht mit. Da ist er allergisch.
Deshalb hat sich Nick allein auf den Weg gemacht. Auf der Wache sagt er sein Sprüchlein auf. Er wird zu einem Beamten geschickt, der heute den Anzeigendienst versieht. Ein Pfeife rauchender Mann so um die dreißig, der in seinem dunkelblauen Rollkragenpulli und der blauen Cordhose wie ein freundlicher Seemann aussieht.
„Ich muss unbedingt den Film wiederhaben, den ich hier vor vier Tagen abgeliefert habe“, sagt Nick. „Ich hab es mir anders überlegt.“
Der Kripomann versteht ihn nicht. Er ist mit dem Fall nicht vertraut. Deshalb muss Nick ihm die Geschichte von den geklauten Eintrittskarten erzählen. Zum Schluss lacht ihn der Beamte mitleidig an.
„Ja, was glaubst du denn, wie langsam wir sind?“, fragt er spöttisch.
Auf diese Frage kann sich Nick keinen Vers machen.
„Mensch, der Film ist längst entwickelt. Der Mann auf dem Foto dürfte inzwischen hinlänglich bekannt sein.“
Nick sieht ihn enttäuscht an. Er denkt an Timo und möchte dessen Gesicht am liebsten aus seiner Erinnerung streichen.
Eine Sekunde lang durchzuckt ihn der Gedanke, dass er inzwischen die Seite gewechselt hat. Vom Jäger zum Gejagten. Komisch, das Ganze.
„Ich dachte …“
Der Kriminalbeamte telefoniert mit drei verschiedenen Stellen, bevor er sich freundlich lächelnd wieder Nick zuwendet.
„Meine Kollegin, die den Einbruchsdiebstahl beim Verkehrs-

amt bearbeitet, hat sich den Mann auf den beiden Fotos angesehen."

Nick blickt dem Beamten am Schreibtisch erwartungsvoll ins Gesicht. Er rechnet mit dem Schlimmsten.

„Der Mann war bisher noch nicht in unserer Kartei. Also noch unbescholten ..."

Nick springt auf und will gehen, weil sich die Sache von selbst erledigt hat. Aber der Kripomann macht eine unmissverständliche Handbewegung, die ihn zurückhält.

„Moment noch! Die Kollegin gibt dir in den nächsten Tagen die anderen Fotos zurück. Sie schickt dir eine Vorladung, und dann erzählst du ihr alles, was du über den verdächtigen Mann weißt."

„Verstehe. Selbstverständlich", sagt Nick, der bereits die Türklinke in der Hand hat. „Selbstverständlich."

Aber er ist sich jetzt schon sicher, dass die Kriminalbeamtin so gut wie nichts aus ihm herausbekommen wird.

Radlos

„He, Mister Knatterton, schon wieder eine harte Nuss geknackt? – Was steht denn heute auf dem Programm?"
Instinktiv nimmt Nick eine Abwehrhaltung ein. Er greift an seinen rechten Oberarm. Auf dem Weg zur Schule rempelt ihn ein unbekannter Schüler zweimal an und läuft grinsend ein paar Schritte neben ihm her. Vergeblich versucht Nick, ihm einen Stoß zu verpassen. Weil ihm das nicht gelingt, schickt er einen verzweifelten Blick zum Himmel.
„Leute, mir geht das tierisch auf den Keks", knurrt er.
Er hat sich noch nicht daran gewöhnt. Die Anmache geht ihm vor allem auf dem Schulhof unter die Haut. Meistens sind es witzige Bemerkungen, die er über sich ergehen lassen muss – manchmal aber klingen sie saublöd und hundsgemein.
„Ich steig aus dieser Rolle aus, mag nicht mehr", erklärt Nick später seinen Freunden Oliver und Thomas, die von den Hänseleien viel weniger als Nick abbekommen.
„Mensch, Nick, das ist doch bloß dein Name, der die Quasselköppe reizt", erklärt Oliver.
„Du hast gut reden", knurrt Nick. „Soll ich mich etwa umtaufen lassen?"
„Außerdem sind sie neidisch", meint Thomas. „Wegen unserer Erfolge."
Zum Glück tritt dann für einige Tage Ruhe ein. Aber an einem Vormittag kommt so ein Kleiner aus der sechsten Jahrgangsstufe zu ihm, zupft an seinem Hemd und will auf

sich aufmerksam machen. Nick taxiert den Kleinen mit einem Blick. Ein stämmiges Kerlchen mit dunklem Lockenkopf und braunen Augen.
„Ist es möglich, dich mal zu sprechen?", fragt der Junge bescheiden.
„Jetzt, in der Pause?"
„Ich weiß nicht, wann ich dich sonst treffen könnte."
„Okay, wo brennt's denn?"
Nick wendet sich dem Jungen zu, der ihn mit ehrfurchtsvollen Augen anschaut. Der Junge bittet ihn, ein paar Schritte mit ihm zur Seite zu treten.
„Und?"
„Mir ist mein Fahrrad gestohlen worden", sagt der Junge. „Gestern war's, während der Schulzeit. Hier, an unserem Fahrradständer. Es war auch abgeschlossen, das Rad. Vor einem Monat hab ich's zum Geburtstag gekriegt. Kannst du mir irgendwie helfen?"
Weil er nicht weiß, wohin er seine Hände stecken soll, verschränkt der Junge seiner Arme vor der Brust. Seine Augen sehen jetzt eher mitleiderregend aus, was Nick schlecht vertragen kann, weil eine mächtige Wut in ihm aufsteigt.
„Na und, was hab ich denn damit zu tun?"
„Ich dachte, du könntest ..."
„Geh zum Hausmeister oder zum Rektor und melde den Diebstahl", erklärt Nick ungerührt und will sich wieder seinen Klassenkameraden zuwenden. Aber der Kleine hält ihn an seinem Hemd fest.
„Ich wollte noch sagen, dass schon zwei Leuten aus unserer Klasse die Fahrräder geklaut wurden, und wir haben auch einen Verdacht."
„Umso besser", brummt Nick.

„Zwei Klassen über uns ist ein Neuer. Der kommt aus Bosnien. Der klaut bestimmt unsere Fahrräder."
„Ach, nur weil er aus Bosnien kommt, ist er ein Fahrraddieb?"
„Die Leute in unserer Klasse meinen, der klaut unsere Räder und verschiebt sie massenweise in seine alte Heimat. Die können einfach alles gebrauchen."
„Blödsinn", faucht Nick den Jungen an. „Solange ihr keine Beweise habt, solltet ihr niemanden verdächtigen."
Der Junge druckst ein wenig herum.
„Deshalb wollte ich dich ja bitten, uns zu helfen", sagt er schließlich. „Eben wegen der Beweise."
„Diesen Schwachsinn schlag dir schnellstens aus dem Kopf!", antwortet Nick und lässt den Jungen stehen.

Zwei Wochen vor den Ferien sind sie am Kanal verabredet, am Bootshafen. Janas Idee. Ihr Onkel Eric hat ein Zwölf-Meter-Segelboot, das er für seinen Urlaub startklar machen will. Das könnten sie doch besichtigen, meint Jana. Ob er mal vorbeischauen will? Und ob! Nick lässt sich nicht zweimal bitten.
„Bring lieber noch jemanden mit", empfiehlt Jana. „Thomas oder Oliver oder Katrin. Sonst meint mein Onkel, ich nutze die Gelegenheit aus, mich hier mit dir zu treffen."
„Das lässt sich regeln."
Auf dem Kanal ist weniger los als erwartet. Ein tiefliegendes Schiff tuckert langsam zur nächsten Schleuse und schiebt nur eine kleine Bugwelle vor sich her. In der Luft hängt ein würzig-trockener Duft von Heu. Eine ausgedehnte Grasfläche des Kanaldeichs ist gerade erst gemäht worden.
Ein Seitenkanal führt zum Bootshafen, der etwa einhundert

Segelbooten Platz bietet. Das Wasser dort ist bräunlich-grün. Trotzdem beobachten zwei Angler zuversichtlich ihre ausgelegten Angeln.
Jana ist pünktlich da. In ihrem gelben T-Shirt ist sie schon von weitem zu erkennen. Nick und Oliver kommen aus unterschiedlichen Richtungen angeradelt. Bevor sie sich aber der „Esmeralda" widmen, zieht Oliver Nick an die Seite.
„Susanne wollte eigentlich mitkommen, aber seit gestern ist ihr Fahrrad verschwunden", erklärt Oliver.
Nick kratzt sich am Kopf. Ach ja! An das Gespräch mit dem Kleinen aus der sechsten Klasse hat er längst nicht mehr gedacht. Nun erinnert Oliver ihn unversehens daran.
„Du weißt, sie geht regelmäßig ins Wellenbad an der Wallstraße", berichtet Oliver. „Sie war so stolz auf ihr Rad. Gelbschwarz, sechzehn Gänge, Griffschaltung, ein Spitzengerät."
„Kein Wunder, dass jemand den Wunsch verspürt, das Superrad zu besitzen", bemerkt Nick ungerührt. „Dumm gelaufen."
Oliver geht aber gar nicht auf Nicks bissigen Kommentar ein.
„Sie war mit ein paar Leuten aus ihrer Klasse im Schwimmbad. Und drei Mädchen der Clique wurden auch die Räder geklaut. Stell dir das mal vor: vier Fahrräder, mit einem Mal spurlos verschwunden!"
„Also gab's mehrere Diebe", kombiniert Nick mit einer nachdenklichen Miene. „Einzeln oder als Gruppe."
„Versteh doch, wir müssen uns was einfallen lassen", drängt Oliver. „Oder willst du erst was tun, wenn dein eigenes Radel unter einem fremden Hintern wegrollt?"
„Du willst mich in etwas hineinziehen, was mich nicht in-

teressiert. Ich weiß sowieso nicht, was wir überhaupt tun könnten."
„Mensch, Nick, wenn dir nichts mehr einfällt, wirst du alt."

Sie schlendern auf das Boot zu und bleiben bewundernd stehen. Die ‚Esmeralda' liegt an einem Steg aus mächtigen, von der Witterung grau gewordenen Holzbalken. Nick kommt nicht mehr aus dem Staunen heraus.
„Oh, super! Geile Kiste!"
Der Anblick lässt bei den Jungs sofort den Wunsch nach einem weltweiten Segeltörn entstehen. Wochenlang auf See, bei Wind und Wetter, unbekannte Häfen ansteuern, fremde Länder und Menschen kennen lernen. Und nichts mehr von der Schule sehen ...
Jana fährt sich mit einer Hand mehrmals durchs Haar. Sie winkt die beiden heran. Nick legt ganz kurz einen Arm und sie und drückt sie an sich, während es Oliver mit einem „Hallo" bewenden lässt. Jana stellt die Freunde ihrem Onkel vor.
Der Onkel hat sie in seinem Auto mitgebracht. Er sieht wie ein ehemaliger Zehnkämpfer aus. Groß und breitschultrig, braun gebrannt, starke Armmuskulatur, und er hat erstaunlich blaue Augen.
„Willkommen an Bord!"
Janas Onkel ist so freundlich, alles haargenau zu erklären, aber von seinen Fachausdrücken bekommen Nick und Oliver höchstens die Hälfte mit. Vom Auftrieb und vom Archimedischem Prinzip spricht er, vom Schifffahrtsrecht und Schifferpatent. Onkel Eric fallen immer neue Besonderheiten ein, die er ausgiebig erläutert, obwohl er eigentlich zum Arbeiten gekommen ist.

Die Jungs folgen ihm in alle Winkel des Bootes. Das Ganze zieht sich bestimmt eine Stunde hin.
Als sie sich dann in der quadratischen Kajüte versammeln, um gemütlich eine Cola mit Eiswürfeln zu trinken, mischt sich Jana ein. Sie will nicht schuld daran sein, dass sie nicht mit der Arbeit vorankommen.
„Käpt'n, schmeiß die Kids über Bord, sonst kriegen wir hier nichts geschafft!", sagt sie.
„Hab ich recht gehört?", protestiert Oliver. „Wir gehn schon lange nicht mehr in den Kindergarten."
„Können wir mal wiederkommen?", fragt Nick zum Schluss.
„In fünf Wochen bin ich wieder da", sagt der Onkel. „Wenn alles gut geht."
Nach wenigen Minuten verabschieden sich Oliver und Nick. Jana streckt eine Hand aus und Nick und Oliver klatschen dagegen. Janas Onkel geben sie ganz brav die Hand. Sie wünschen ihm eine gute Reise.
Das Boot hat sie so gefangen genommen, dass sie erst auf dem Rückweg wieder auf die gestohlenen Räder zu sprechen kommen.
„Hast du dir inzwischen was einfallen lassen?", drängt Oliver.
„Ach, sinnlos. Wo in aller Welt sollen wir denn die Fahrräder suchen? Die stehen irgendwo herum. In Garagen, Kellern oder vor Kneipen. Und die meisten Radfahrer kennen ihr Fahrrad gar nicht so genau, dass sie es haargenau beschreiben können."
„Also nichts zu machen?"
„Einfach Pech, wenn einem das Rad geklaut wird", stellt Nick fest, aber es ist zu spüren, dass er mit dieser Feststellung keineswegs zufrieden ist.

Am nächsten Tag treffen sich Oliver und Nick in der Schule und dann am Nachmittag beim Basketballtraining. In der Umkleidekabine sind bereits vier Jugendliche dabei, in ihren Trainingsdress zu schlüpfen.

„Hei, wie steht's denn heute um eure Fitness?", fragt Nick, als einem der Jungs eine Zigarettenpackung auf die Erde fällt.

„Die wirst du zu spüren kriegen. Wir sind verdammt gut drauf."

Wegen der anderen Sportler zieht Oliver seinen Freund Nick in eine Ecke. Er hat einen Ausschnitt aus dem ‚Anzeiger' dabei.

„Schon gelesen? Meine Mutter hat ihn mir vorhin gegeben."

„Die Zeitung gehört nicht zu meiner täglichen Lektüre", erklärt Nick, der dabei ist, seine Sporttasche auszupacken. „Aber gib mal her."

Er überfliegt den Artikel. Da wird von einer starken Zunahme der Fahrraddiebstähle berichtet, die zwar jedes Jahr in den Sommermonaten zunähmen, aber diesmal seien ungewöhnlich viele Fälle zu verzeichnen. Als Brennpunkte werden die Fußgängerzone und das Wellenbad genannt, wo vor zwei Tagen gleich mehrere Fahrräder zugleich entwendet wurden. Ein Rentner wird zitiert, der vor dem Schwimmbad auf einer Bank saß. Er konnte beobachten, wie an dem Nachmittag ein Kleinlaster vorfuhr und kurzerhand einige Fahrräder eingeladen wurden.

„Die parken hier falsch", hatte ein junger Mann erwähnt, als der Rentner wissen wollte, was das Ganze zu bedeuten habe ...

„Das ist natürlich eine echte Neuigkeit", sagt Nick, der Oliver den Zeitungsausschnitt zurückgibt. „Damit kriegt die Geschichte einen neuen Dreh."

„Dummerweise ist mir jetzt erst wieder eingefallen", erklärt Oliver, während er sich umzieht, „dass Susanne mir etwas von einem alten Mann und einem Kombi erzählt hat. Aber in der Aufregung hab ich wohl nicht richtig hingehört."
„Glatt vergessen? Mensch, Olli!"
„Es wäre doch unwahrscheinlich, wenn Susannes Rad dabei gewesen wäre."
„Ha, im Gegenteil!"
Nick ist schon fertig mit dem Umziehen, als ein ganzer Schwung Jugendlicher in die Umkleide stürmt. Aus der Halle sind bereits Ballgeräusche zu hören, und dann ertönt die schrille Trillerpfeife des Trainers.
„Okay, wir reden später darüber", sagt Nick und verschwindet, um sich in der Halle zum Aufwärmen einen Ball zu sichern.

Seit fünf Minuten lässt Nick seinen Blick über den weitläufigen Schulhof gleiten. Rund sechshundert Schülerinnen und Schüler. Denjenigen zu finden, der ihm vom Diebstahl seines Fahrrades berichtete, stellt sich als ein Glücksspiel heraus. Zweimal schon meint er ihn entdeckt zu haben. Aber beim genaueren Hinsehen war er's dann doch nicht.
Da, unter der schattigen Platane! Mit ein paar Klassenkameraden spielt er Fußball, mit einem Tennisball. Nick rennt auf ihn zu. Er darf keine Zeit verlieren, gleich ist die große Pause zu Ende.
„He, warte mal!"
Nick ergreift den Kleinen aus der Sechs an seinem Hemd, genauso wie es der Junge vor ein paar Tagen bei ihm gemacht hat. Der Junge dreht sich wütend um, weil er den gelben Tennisball verpasst hat.

„Was ist denn?“
Im gleichen Augenblick erkennt er den großen Nick und bleibt wie angewurzelt stehen.
„Äh, ist was passiert?“
„Ich wollte mit dir sprechen. Wie heißt du überhaupt?“
„Wegen dem Bosnier?“
„Nein, es geht um dein Fahrrad.“
„Es ist nicht wieder aufgetaucht“, sagt der Kleine. „Ich bin der Andreas Müller. Habt ihr etwa mein Rad gefunden?“
„Hör mal, Andi“, beginnt Nick, „vielleicht kann ich doch etwas für dich tun. Du musst mir dein Fahrrad genau beschreiben. Ich hab nämlich einen bestimmten Verdacht. Deinen Bosnier kannst du übrigens vergessen. Der war's garantiert nicht.“
„Ja – hm“, überlegt Andreas. „Mein Fahrrad hat einen lila Rahmen und schwarze Schutzbleche, Aufschrift Renault, dicke schwarze Reifen, Zwölfgangschaltung ...“
Die Pausenklingel ertönt, und damit beginnt der Strom ins Treppenhaus der Schule. Nick klopft Andreas freundschaftlich auf die Schulter.
„Okay, Andi, schreib alle wichtigen Dinge auf einen Zettel und vergiss nicht die Rahmennummer. Wir wollen sehen, was sich machen lässt.“
Andreas sieht ihn begeistert an.
„Klasse! Viel Erfolg!“, sagt er, bevor er in seinen Klassenraum stürmt. „Ich bin so froh, dass ich dich angesprochen habe!“

Systematisch haben sie die Stadt durchkämmt. Von Nord nach Süd und von Ost nach West. Eine Woche lang. Dann steht das Ergebnis fest. Es gibt sieben Fahrradläden. Jeden von ihnen haben sie besucht, als angebliche Interessenten

für gebrauchte Fahrräder. Jeweils zu zweit, in unterschiedlicher Zusammensetzung. Einhundertzwanzig Fahrräder haben sie sich genau angesehen. Sogar bis in die Werkstatträume sind sie vorgedrungen. Aber weder Andreas' Rad noch das von Susanne war dabei.
„Haben wir denn keine Augen im Kopf?", fragt Thomas.
Oliver hat über jeden Laden Buch geführt. Zum Schluss, als der Misserfolg feststand, hat er die Kladde wütend in die Ecke geworfen.
„Scheiße! Null Ergebnis – nach so viel Arbeit!"
Je öfter sie unterwegs waren, nachmittags und in den frühen Abendstunden, desto ruhiger wurde Nick. Auch auf seinem Gesicht war die Enttäuschung zu erkennen. Erfolgreich zu sein ist oft schwieriger als jemals erwartet.
„Elender Mist!"
Trotzdem. Einen kleinen Hoffnungsschimmer gibt es noch. In drei Läden hatten sie beobachtet, dass es außer dem Verkaufsraum und einer meist kleinen Werkstatt auch noch mit Rädern vollgestellte Hallen und Hinterhöfe gab, die sie nicht betreten durften. In einem Laden gab es sogar Ärger, als sich Thomas Zugang durch ein Hoftor verschaffen wollte.
„Das ist Privatgelände, junger Freund. Hände weg!"
Der Typ, der das sagte, tat das in einem Tonfall, der nichts Gutes erwarten ließ, falls man sich nicht zurückzog. Oliver meinte sogar in einer Garagenhalle einen kleineren Lastwagen entdeckt zu haben. Der Laden lag am weitesten von der Innenstadt entfernt. Eigentlich zu abgelegen für gute Geschäfte.
„Unsere letzte Chance", stellt Nick fest.

Die Scheinwerfer des Autos treffen am Ende der Elisabethstraße auf eine hohe, hellblaue Fabrikmauer. Frau Haverkamp fährt an den Straßenrand und bleibt in der Sackgasse vor dem Wendehammer stehen. Rechts liegt ein abgeerntetes Getreidefeld im Halbdunkel, links steht auf einer mannshohen hellen Mauer: *‚Fahrrad-Service F S B / Ankauf + Verkauf'*.

An diesem Samstagabend ist keine Menschenseele zu sehen. Dafür liegt die Straße zu weit von den Wohnhäusern entfernt. Spaziergänger verirren sich bestimmt nicht in diese wenig einladende Gegend.

„So, wir sind da", erklärt Frau Haverkamp und schaltet den Motor aus, lässt aber die Scheinwerfer an.

Susanne, die neben ihr sitzt, nickt und schaut sich erwartungsvoll nach hinten um. Da sitzen Oliver und Nick. Jeder von ihnen hält eine beachtliche Taschenlampe in der Hand. Beide haben ihre ältestens Jeans und bequeme Tennisschuhe angezogen.

„Also, wie abgesprochen", sagt Frau Haverkamp. „Ihr versucht auf die Mauer zu klettern und leuchtet durch die Fenster der Werkstatt. Wenn ihr Susannes Rad erkennt, gebt ihr uns ein Zeichen. Aber bitte: Nichts riskieren!"

„Okay, Chef!", sagt Oliver. „Geht in Ordnung."

„Mama und ich passen auf", erklärt Susanne noch einmal. Eins ist klar. Sie ist am aufgeregtesten.

Nick und Oliver nähern sich der Mauer, hinter der sich die Fahrrad-Werkstatt befindet. Oliver schleppt eine leere Holzkiste mit sich, die sie als Kletterhilfe benutzen wollen. Sie haben einfach an alles gedacht. Nick stellt die Kiste vor die Mauer, hüpft darauf und merkt, dass sie ziemlich wackelig ist.

„Warte, bis ich oben bin", flüstert er Oliver zu.

Seine Taschenlampe hat er in den Hosenbund gesteckt. Ganz locker schwingt sich Nick auf die Mauer und bleibt obenauf hocken. Dann folgt Oliver, der sich seine Taschenlampe zwischen die Zähne geklemmt hat. Ihre Schatten huschen gespenstisch über die Wand des Werkstattgebäudes. Als beide oben sind, setzt ein gedämpftes Hundegebell ein. Es klingt gedämpft, aber nicht ungefährlich. Oliver und Nick ducken sich instinktiv und lauschen in die Dunkelheit. Da muss irgendwo ein scharfer Köter sein. Der scheint in der zweiten, kleineren Halle zu stecken. Dort hatte Oliver vor zwei Tagen den Kleintransporter entdeckt.
Irritiert werfen sie einen Blick auf das Auto am Straßenrand, an dem jetzt nur noch das Standlicht eingeschaltet ist.
„Sollen wir nicht lieber umkehren?“, fragt Oliver.
„Was denn? Angst vor dem Fiffi? Und was sagt dein Schwesterherz, wenn wir unverrichteter Dinge zurückkommen?“
„Na gut, versuchen wir's“, lenkt Oliver ein.
„Los, Lampen an!“, kommandiert Nick.
Nach und nach leuchten sie durch die drei Fenster der Werkstatt. Tatsächlich, da gibt es eine Menge Fahrräder und Fahrradteile. Zum Glück rührt sich in dieser Halle nichts.
„Das Biest ist in der anderen Halle, in der Garage“, stellt Oliver erleichtert fest. „Also ungefährlich.“
Nick nickt bestätigend. Er hat ein Bein über die Mauer geworfen und sitzt nun rittlings darauf. So kann er den Innenraum der Halle besser ausleuchten.
„Na, siehst du was?“
„Na klar, aber Susannes Rad ist nicht zu erkennen. Trotz unserer guten Lampen. Überhaupt, wir müssen näher heran.“
Nick deutet auf ein Fenster mit vielen kleinen Scheiben, bei

dem der obere Teil schräggestellt und damit halb geöffnet ist.
„Olli, sprich mit deiner Mutter. Wir müssen da unbedingt rein. Ist völlig ungefährlich, der Einstieg."
Oliver gleitet sofort von der Mauer herunter, geräuschlos wie ein Indianer. Es dauert reichlich lange, bis er wieder da ist. Klar, seine Mutter hatte sich zum Mitmachen nur bereit erklärt, weil alle versichert haben, lediglich mal eben in das Werkstatthaus zu blicken. Zum Glück war Herr Haverkamp nicht zu Hause. Für seine Firma ist er vier Tage lang in Belgien. Nie und nimmer hätte er sein Einverständnis zu dieser Nachtaktion gegeben.
Das Hundegebell ist lauter geworden. Nick hört, wie das Tier immer wieder von innen gegen die Tür der Garage springt. Jedes Mal entsteht ein grässliches Kratzgeräusch.
„Sie hat endlich zugesagt – aber nur für einen ganz kurzen Einstieg in die Halle. Nur zur Überprüfung, ob Susannes Rad da ist."
Nick hat sich derweil schon auf der anderen Seite der Mauer heruntergelassen. Nur noch ein kleiner Sprung, es scheppert ein wenig, und dann hat er wieder festen Boden unter den Füßen. Den Strahl seiner Taschenlampe lenkt er auf die Erde und entdeckt eine Menge Gerümpel. Er reicht Oliver eine Hand, damit er gefahrlos und ohne Geräusche unten ankommt.
„Da, nach rechts", flüstert Nick.
Vor dem schräg gestellten Fenster stellt sich Oliver mit dem Rücken zur Hallenwand und macht für Nick eine ‚Räuberleiter'. Im Nu ist Nick in Höhe der Fensterbank. Vorsichtig drückt er gegen den Fensterflügel, und der gibt nach. Er lässt sich ohne viel Druck aufstoßen.

„Oh, Mann, wir haben Glück."
Nick klettert auf die Fensterbank. Er bleibt dort sitzen und leuchtet das Innere der Halle ab, die eigentlich keine Halle ist, weil sie jetzt viel kleiner wirkt. In dem großen Raum wimmelt es von Fahrrädern und Ersatzteilen. Eine schwarz-weiße Katze, deren grüne Augen im Taschenlampenlicht aufleuchten, verzieht sich unter eine Werkbank.
Oliver drängt sich nun auch in die Fensteröffnung hinein. Deshalb gleitet Nick langsam auf den Boden. Diesmal scheppert nichts. Mit beiden Taschenlampen leuchten sie die Fahrräder an. Nach kurzer Zeit deutete Nick in eine Ecke.
„Das könnte Susannes Rad sein!"
Er zwängt sich an mehreren ausgeschlachteten Fahrrädern und Vor- und Hinterrädern vorbei und überprüft ein gelb-schwarzes Rad, angestrahlt von Olivers Taschenlampe. Dann nickt er und streckt seinen rechten Daumen nach oben.
„Echt stark!", ruft Oliver ihm zu.
Nick geht durch die Reihen der Räder, die alle ein wenig staubig sind. Er zieht einen Zettel aus seiner Hosentasche und studiert die Zahlen, die er an zwei Fahrrädern vergleicht. Dann grinst er Oliver an.
„Andi!", sagt er und deutet auf ein Fahrrad, das an einer Wand aufgehängt ist.
„Super! Das reicht!", ruft Oliver. „Komm! Komm zurück!"
Oliver richtet sich auf und steht dann auf der Fensterbank. Von da aus kann er das Auto seiner Mutter sehen. Susanne ist ausgestiegen. Mit mehreren umständlichen Handbewegungen macht Oliver seiner Schwester deutlich, dass sich das gesuchte Fahrrad tatsächlich in dem Raum unter ihm befindet. Susanne hat verstanden. Sie gibt ihm ein Zeichen,

auf dem schnellsten Weg zurückzukehren. Oliver nickt betont heftig.
In diesem Augenblick gibt es irgendwo ein lautes Krachen, und mit einem Mal ist das Hundegebell sehr laut und sehr nah. Oliver, der immer noch auf der Fensterbank steht, dreht sich um und erstarrt. Der Hund ist durch die Tür durchgebrochen und kommt auf ihn zu.
„Achtung, Nick, der Köter!"
Von der Straße her ist Susannes Stimme zu hören: „Olli, was ist los?"
„Verdammt, der Hund!"
Oliver hat sich auf die Zehenspitzen gestellt, weil der Riesenschnauzer nach seinen Füßen schnappt. Sein Gebiss wirkt mehr als bedrohlich. Immer wieder springt das Tier hoch und versucht die Fensteröffnung zu erreichen oder an Olivers Füße zu gelangen.
„Nick, hilf mir!"
„Tritt ihm einfach vor die Schnauze!", empfiehlt Nick, der zwischen den Rädern steht und krampfhaft überlegt, was jetzt und sofort und unbedingt zu tun ist. „Halt ihn dir irgendwie vom Leib."
„Olli, Olli, komm zurück. Wo ist der Nick?"
Außer dem wilden Hundegebell und einem bösen Knurren ist jetzt auch die aufgeregte Stimme von Olivers Mutter zu verstehen. Der Lichtkegel von Susannes Taschenlampe saust hin und her. Verzweifelt hat Nick an den beiden Türen in der Halle gerüttelt. Sie sind verschlossen. Es gibt auch keine Notausgänge.
Dann öffnet er ein Fenster auf der Seite, die der Hund nicht erreichen kann. Blitzschnell klettert er auf die Fensterbank und schwingt sich nach oben, auf das Flachdach. Es poltert

fürchterlich, weil auf dem Dach leere Farbdosen und Sprayflaschen herumliegen.
„Hier bin ich!", ruft Nick, der jetzt von Susannes Taschenlampe erfasst wird. „Olli, komm rauf, schnell!"
Auf der anderen Seite des Daches legt sich Nick bäuchlings auf die Betonfläche, die noch von der Sonne Wärme ausstrahlt, und streckt einen Arm nach unten.
„Hierher! Fass zu, ich zieh dich hoch!"
Ein Arm von Oliver wird sichtbar. Nick greift zu und hält ihn fest, während der Riesenschnauzer erneut Anlauf nimmt, um sich an Oliver festzubeißen.
„Los, halt dich fest!", befiehlt Nick.
Oliver tritt wild um sich, um nicht von den Hundezähnen erwischt zu werden. Mit seiner linken Hand klammert er sich an der Dachrinne fest, und dann zieht Nick ihn stöhnend nach oben. Sie stürzen hin. Beide liegen auf dem Dach, ineinander verkeilt und heftig atmend.
„Oh, Mann, Rettung in der letzten Sekunde", keucht Oliver, der das Hundegebiss an seinen Tennisschuhen gespürt hat.
Sie bleiben einige Sekunden liegen, immer noch von Susanne angestrahlt, und ringen nach Luft.
Der Hund ist wohl schon ins Innere der Halle gelangt, denn von dort ist jetzt ein durchdringendes Jaulen zu hören. So, als hätte sich das Tier verletzt.
„Und jetzt?", fragt Nick eher sich selbst als seine Freund. „Bis zur Mauer sind es mindestens vier Meter."
„Springen?", fragt Oliver.
„Kommt zurück! Sofort!", ruft Frau Haverkamp von jenseits der Mauer.
„Springen wäre Wahnsinn", meint Nick, der sich seine Handgelenke massiert.

Beide haben sich aufgerichtet und sitzen auf dem Betondach. Auf der Straße nähern sich zwei Autos, fahren bis zum Wendehammer und verschwinden dann langsam.
Nick sucht das Dach ab. Nichts, was sie als Übergang vom Dach zu der Mauer benutzen könnten.
„Weißt du was? Wir sitzen in der Falle."
Unten, in der Fahrradhalle ist ein eigenartiges Rumoren zu hören. Jaulen und Hundegebell und das Geräusch umstürzender Fahrräder.
„Mensch, wir müssen hier schnellstens weg. Aber wie?"
Da, wo eben noch Susanne stand, ist gar nichts mehr zu sehen. Eine schwarze Wand. Oliver schaut über den Dachrand hinweg nach unten, kann aber auch nichts entdecken, was ihnen die Flucht ermöglichen könnte. Zu allem Überfluss gibt seine Taschenlampe den Geist auf. Die drei Batterien sind leer. Und das Glas ist gesprungen.
„Wir können doch nicht bis morgen früh hier hocken bleiben", stöhnt Oliver.
„Frag mal den Köter, ob er uns laufen lässt", schlägt Nick vor.
Aber Brauchbares fällt ihnen nicht ein. Nick schaut in die Runde. In einigen Fenstern der umliegenden Häuser ist noch Licht. Vermutlich haben sich die Anwohner an das nächtliche Hundegebell gewöhnt, denn niemand scheint sich dafür zu interessieren.
„Wir könnten ja um Hilfe rufen", überlegt Nick. „Dann erscheint die Polizei und nimmt uns mit. Ein verdammt kläglicher Abgang."

Und dann sehen sie, wie an der Stelle, an der vorhin noch Susanne und ihre Mutter aufgetaucht waren, ganz langsam

ein Holzbalken in die Höhe geschoben wird. Zugleich ertönt ein durchdringender Pfiff.
„Das ist meine Mutter. Unverkennbar ihr Signal", erklärt Oliver, der dem Geschehen atemlos zusieht. „Echt cool, diese Frauen!"
Inzwischen ragt der Holzbalken zwei Meter über die Mauer hinweg und neigt sich langsam dem Hallendach zu. Aber noch ist er zu kurz. Nick und Oliver beobachten fasziniert, was zu ihrer Rettung geschieht.
„Unglaublich", flüstert Nick, der in die Hocke gegangen ist und seine verschmierten Hände an der Jeans abwischt.
Mit seinen Händen kann er den Anfang des Balkens nicht erreichen. Er kann nur zusehen. Der Balken pendelt ein wenig hin und her, gewissermaßen unschlüssig, steigt wieder hoch in den dunklen Himmel, rückt dann ein Stück vor und knallt schließlich auf das Flachdach.
„Maßarbeit!", sagt Oliver.
Direkt unter dem Balken huscht plötzlich der Hund wie ein Schatten aus dem Fenster und beginnt nach dem Balken zu springen. Er bellt nicht mehr, er röchelt eher. Das anhaltende Bellen hat ihn wohl heiser werden lassen.
Die Köpfe von Susanne und ihrer Mutter tauchen an der Mauerkrone auf. Beide begutachten ihren geglückten Kraftakt.
„Los, schnell rüber!", ruft Frau Haverkamp und beleuchtet den Balken, der allerdings nicht breiter als zehn Zentimeter ist.
Oliver und Nick sehen sich an. Jeder will dem anderen den Vortritt lassen, während der Riesenschnauzer nicht aufgibt. Immer wieder springt er in die Höhe, ohne den Balken wirklich zu erreichen.

„Erst du!“, bestimmt Nick dann, weil sie keine Zeit zu verlieren haben.
In der Ferne sind jetzt mehr Fenster als vorher erleuchtet. In einigen Fenstern sind die Köpfe der Mieter zu erkennen. Es wird allerhöchste Zeit. Sonst gibt es hier ein großes Schauspiel.
„Ganz ruhig und locker bleiben“, ermuntert Nick seinen Freund.
Oliver überlegt, wie er es am besten schaffen könnte. Er stellt sich quer auf den Balken, und Nick hält ihn an einer Hand fest. Zentimeterweise rückt Oliver vor, die Arme balancieren ausgebreitet. Seine Schwester und seine Mutter halten am anderen Ende des Holzbalkens den Atem an, als Nick ihn loslassen muss. Noch zwei Meter. Noch zwanzig kleine Schritte. Oliver steht fast in der Mitte, als der Hund einen neuen Anlauf nimmt, um Oliver von dem Balken herunterzuholen, ganz gleich wie. Der Sprung des Hundes endet allerdings an der Wand der Halle. Aber Oliver ist verunsichert. Er schaut nach unten. Er schwankt und droht abzustürzen.
Mit einem Schrei, einem Riesensprung und mit zwei entschlossenen kurzen Schritten erreicht er die Mauer. Er stürzt über sie hinweg und in die Arme seiner Mutter.
„Mensch, Olli, endlich! Dem Himmel sei Dank!“
Und dann ist Nick dran. Ohne lange zu überlegen macht er sich auf den Weg. Sein Gesicht ist blass. Ganz konzentriert, versucht er den wütenden Hund unter sich zu ignorieren, als er, anders als Oliver, wie ein Drahtseilartist über das erste Stück des Holzbalkens geht.
Die Hälfte ist schnell erreicht. Niemand sagt ein Wort. Von ferne ist nur das Rauschen des Autoverkehrs wahrzuneh-

men. Nick schaut nach vorn. Er will nicht nach unten sehen, auf gar keinen Fall. Noch knapp zwei Meter – wenige Schritte. Er ist ganz ruhig, er lässt sich durch nichts ablenken. Aber dann ist der Riesenschnauzer wieder da. Von einer Eisentonne aus wagt er einen mächtigen Satz, fliegt heran und trifft den Balken. Der verschiebt sich, rutscht vom Dach herunter, kippt, zieht Nick mit sich. Indem er seine Hände ausstreckt, kann Nick die Mauer erfassen, aber der Balken poltert zu Boden, und Nickt hängt an der Mauer.

„Schnell, schnell!“, schreit Susanne.

Der Balken hat den Hund an der Nase getroffen, sodass er aufheult und zurückrennt. Aber dann macht er kehrt. Er kommt. Mit letzter Kraft zieht sich Nick in die Höhe, wobei Oliver ihn an seinem T-Shirt erwischt und ihn festhält. Ein Bein kann Nick über die Mauer werfen. Schließlich schwingt er sich hoch und bleibt für einen Moment auf der schmalen Mauer liegen, während der Hund nach seinem Bein, das noch über der Mauer herunterhängt, schnappt.

„Hau ab, du Biest!“, schreit Susanne, aber ihr wird gleich klar, dass der Hund den Jungs nicht mehr gefährlich werden kann.

„Geschafft“, jubelt Frau Haverkamp. „Geschafft! – Kinder, hätte ich gewusst, was uns hier erwartet, dann hätte ich dazu nie Ja gesagt.“

Nick grinst, wischt sich den Schweiß vom Gesicht und zeigt im Taschenlampenlicht auf Olivers zerrissene Hosenbeine. Aber Oliver kann sich postwendend revanchieren.

„Schau doch mal auf deine Hose. Der Hund hat ganze Arbeit geleistet.“

„Ihr seht aus wie richtige Einbrecher“, stellt Susanne lachend fest. „Voller Dreck und Schweiß.“

„Du siehst auch nicht besser aus“, bemerkt ihr Bruder.
Jetzt erst spüren die vier, wie erschöpft sie sind. Langsam bewegen sie sich auf das geparkte Auto zu. Frau Haverkamp schaut auf ihre Armbanduhr und erschrickt, weil es fast Mitternacht ist.
„Leute, nichts wie nach Hause!“
Sie legt ihre Arme um Nick und Oliver.
„Ohne euch wären wir längst Hundefutter“, bemerkt Oliver, bevor sie das Auto erreichen.
Alle lachen befreit auf. Oliver dreht sich zweimal um die eigene Achse und schleudert seine Taschenlampe in die Dunkelheit, auf das abgeerntete Kornfeld.
„Ich lebe ja noch! Ich lebe noch!“
„Den zentnerschweren Balken mussten wir von einer Baustelle herschleppen“, erklärt Susanne und hebt ihre zerschundenen Hände, die Nick mit seiner Taschenlampe anleuchtet.
„Auftrag erledigt, Fall geklärt“, sagt Nick stolz, bevor alle ins Auto steigen. „Ohne Colt und Blaulicht.“
„Ein bisschen Arbeit überlassen wir noch der Polizei“, erklärt Oliver, der sich erschöpft auf den Rücksitz fallen lässt.
„Sonntagsarbeit“, ergänzt Nick, herzhaft gähnend.
Im Fußraum der Rücksitze entdeckt Oliver eine halbgeleerte Flasche Mineralwasser, die er sofort aufschraubt und in einem Zug leert, obwohl das Wasser lauwarm ist.
Als sie losfahren, kommt ihnen mit hohem Tempo ein grünweißes Polizeiauto entgegen und kurz darauf sogar noch ein zweiter Streifenwagen.
„Bis morgen, Kollegen“, sagt Nick. „Wir ziehen es vor, noch ein kurzes Nickerchen zu machen.“
Die vier im Auto brechen in schallendes Gelächter aus.

Das Gerücht

Zum ersten Mal hört Nick vor der Stadtbibliothek von der Geschichte.
„He, warte mal!"
Mit einem Bücherstapel unter dem Arm kommt Katrin aus dem dunkelblau gestrichenen Glaskasten und rennt hinter Nick her, der sie glatt übersehen hat.
„Hallo. – Ach, die Leseratte stillt ihren großen Hunger", sagt Nick und deutet auf die Bücher.
„Na ja, ich lese viel. Nachmittags. Du weißt, meine Eltern kommen erst am späten Nachmittag von der Arbeit."
Sie lächelt ihn ein bisschen komisch an, findet Nick. Damit kann er schlecht umgehen. Er verlagert sein Gewicht mehrmals von einem auf das andere Bein.
„Hast du schon von der Beate Nückels gehört?"
„Nückels, Beate? Die kenn ich gar nicht."
Katrin kräuselt ihre Stirn. Ihre kurzen blonden Haare bewegen sich dabei ein Stückchen nach vorn. Nick fällt auf, dass sie wieder ihr typisches Schwarz trägt. Schwarze Jeans und eine schwarze Bluse. Um den Bauchnabel herum ist die Bluse sogar durchsichtig.
„Ich dachte, du erfährst davon immer als erster, wenn etwas Aufregendes passiert", sagt sie und lächelt Nick etwas hinterhältig an.
Nick überlegt angestrengt. Er weiß nicht, ob sie ihn ärgern will oder ob ihre Unwissenheit echt ist.
„Ehrlich, ich hab noch nie etwas von ihr gehört", erklärt

Nick dann und bekommt ein leichtes Grinsen ins Gesicht. „Außerdem interessiere ich mich nicht für Mädchen.“ Insgeheim freut er sich über seine coole Antwort, denn wieder kräuselt Katrin ihre Stirn. Es könnte sein, dass sie sich dieses Mal auf den Arm genommen fühlt. Jedenfalls sortiert sie ihren Bücherstapel neu, um Zeit zu gewinnen.

„Okay“, sagt Nick schließlich. „Dann erzähl mal, was sie angestellt hat.“

„Angestellt? Sie ist weg. Von zu Hause ausgerissen. Seit zwei Tagen unterwegs. Du musst sie kennen, weil sie doch in meiner Klasse ist.“

„Nö, mit dem Namen kann ich nichts anfangen. Schon möglich, dass ich sie schon mal in deiner Nähe gesehen habe.“ Katrin geht einige Schritte weiter und dreht sich dann zu Nick um.

„Ein sehr zurückhaltendes Mädchen. Seit drei oder vier Wochen hat sie einen festen Freund. Sieht super aus, aber niemand kennt ihn wirklich.“

„Na also. Graue Maus, kontaktarm, plötzlich auf Wolke sieben!“ – Katrin sieht Nick mit gerunzelter Stirn an. Sie schüttelt ihren Kopf.

„Damit liegst du bei Beate völlig daneben. Ich bin zwar nicht richtig mit ihr befreundet, aber ihre Geschichte geht mir trotzdem an die Nerven. Sie ist fertig mit dieser Welt. Voller Panik abgehauen. Wegen ihres blöden Zeugnisses. Nicht versetzt. Das ist für sie eine Katastrophe.“

„Da siehst du mal wieder, was uns die Schule antut“, meint Nick.

„Spielen wir hier etwa ‚Stille Post‘?“, fragt Nick auf dem Schulhof.

In der Schule geht die Geschichte nämlich weiter. Er mag gar nicht mehr zuhören. Alle wissen etwas, aber keiner weiß etwas Genaues.
Am nächsten Tag heißt es, Beate Nückels sei entführt worden. Zum letzten Mal sei sie vor mehreren Tagen mit zwei Ausländern am Bahnhof gesehen worden.
Das ist der Zeitpunkt, an dem Klaus Uhlenbruck, der Rektor der Albert-Einstein-Gesamtschule, mit der Kriminalpolizei eine Pressekonferenz einberuft. Beate Nückels, dreizehn Jahre alt, Schülerin der Klasse acht c, werde seit drei Tagen vermisst. Von einem Kapitaldelikt könne bis zur Stunde nicht die Rede sein. Es habe schon einige vergleichbare Fälle an der Schule gegeben, aber stets seien die Schüler spätestens nach drei Tagen wieder zu Hause gewesen. Es wäre für alle schädlich, immer neue Gerüchte zu verbreiten. Man habe nach wie vor die Hoffnung, dass das Mädchen wohlbehalten nach Hause zurückkehre.
„Elternhaus?", fragt Thomas, der Beate seit der fünften Klasse kennt. „Sie wohnt mit ihrer Mutter in einer Zweizimmer-Wohnung ohne Balkon. Fünfter Stock. Einen Vater gibt es dort nicht."
„Die zwei leben von der Sozialhilfe", ergänzt Katrin. „Ich glaube nicht, dass die Polizei in diesem Fall eine große Suchaktion startet."
Nick hat aufmerksam zugehört, ohne sich zu äußern. Thomas stößt ihn an.
„Und? Was sagt der große Nick dazu?"
„Wenn es ihr eigener Entschluss ist, wegzugehen", erklärt Nick, „dann muss man das akzeptieren. Vielleicht hält sie das Leben hier, Schule, Freunde, das ganze Drum und Dran, einfach nicht mehr aus."

Seine Freunde sehen Nick an, als hätte er plötzlich einen Sonnenstich erlitten.
„Außerdem, Leute“, verkündet Nick, „muss ich jetzt wieder mehr für die Schule tun. Seit dem letzten Elternsprechtag machen mir meine Eltern schon höllischen Dampf.“
„Aha, in diesem Fall ziehen sich die kleinen Detektive vornehm zurück“, stellt Katrin enttäuscht fest. „Das ist gemein!“
Nick und Thomas sehen sich wie ertappt an und heben schuldbewusst die Schultern. Sie wissen nichts zu ihrer Verteidigung vorzubringen.
„Dann werden wir die Sache allein in die Hand nehmen“, verkündet Katrin.
„Wer ist denn ‚wir‘?“, will Thomas wissen.
„Lasst euch überraschen.“ –
Jana und Katrin bekommen sie die ganze Woche hindurch so gut wie nie zu sehen. Klar, vormittags ist Katrin auf dem Schulhof zu entdecken, aber jedes Mal taucht sie schnell wieder unter. Keine Gelegenheit, sie zu interviewen.
„Was ist denn nun mit dem Mädchen?“, fragt Thomas an jedem Morgen, denn in den Zeitungen stehen keine weiteren Nachrichten.
Nick und Oliver können nicht mit Neuigkeiten aufwarten, obwohl sie sich darum bemühen. Einmal ist Nick morgens ganz früh von zu Hause aus gestartet, weil er vorher noch an Janas Schule vorbeikommen wollte – aber auch da hat er sie verpasst. Es ist wie verhext.
Gerüchte ohne Ende. Durch die Flure der Schule geistert die Nachricht, Beate Nückels habe sich selbst von der Schule abgemeldet. Per Telefon. Sie brauche die Schule nicht mehr, weil sie jetzt Geld verdiene, viel Geld. Ab sofort könne sie für sich selbst sorgen.

Aber weder die Lehrer noch der Rektor wollen dazu eine Erklärung abgeben. Sie haben sich selbst einen Maulkorb verpasst.
„He, Oliver, die Katrin ist doch deine Freundin – oder?"
„Bingo!"
„Die sagt dir doch bestimmt, was bei den Mädels los ist", meint Thomas.
„Ich weiß nicht. Sie weicht mir aus. Vielleicht hat sie längst Schluss gemacht", gibt Oliver kleinlaut zu.
Allmählich kehren die Schülerinnen und Schüler zum normalen Schulalltag zurück. Beate Nückels aber bleibt verschwunden.
Erst am Samstagnachmittag tut sich was. Nicks Schwester stürmt in sein Zimmer.
„Telefon für dich. Wieder diese Jana!", zischt Carmen, die Schwierigkeiten mit ihrer Zahnspange hat. „Da bahnt sich ja was an!"
Nick unterdrückt einen Überraschungsausruf. Ganz langsam wandert er zum Telefon und meldet sich überkorrekt mit seinem Vor- und Nachnamen.
„Mensch, Nicky, mach's kurz", ruft Jana am anderen Ende der Leitung. „Schnell, wir brauchen deine Hilfe."
„Hm, welche Schule brennt denn? Deine oder meine?"
„Lass den Quatsch. Willst du uns helfen oder nicht?"
„Klar, immer! Wenn du mir nur ..."
„Also, Treffpunkt Ziegeleiring. Wir sind schon nahe dran – du weißt, Beate!"
„Aber wieso ...?"
„Über der Disco ‚Hochofen'. Da sind mehrere Mädchen. Alles ziemlich komisch. Allein trauen wir uns nicht rein. Wir brauchen Verstärkung."

„Männliche Verstärkung? Okay, aber was soll ich denn machen?“, fragt Nick, und er sieht sich verstohlen um, weil er nicht möchte, dass ein Familienmitglied mithört.
„Kannst du es schaffen, um sechs hier an der Bushaltestelle zu sein?“
„Achtzehn Uhr?“
„Logo. Sei pünktlich und bring noch jemanden mit.“
„Aber was ...“
„Für alle Fälle merk dir meine Nummer. Ich hab das Handy von meinen Eltern.“
Am liebsten würde Nick in den Hörer beißen, denn Jana hat schon wieder aufgelegt, nicht ohne ihm vorher noch eine neunstellige Telefonnummer ins Ohr gebrüllt zu haben.
„Was ist denn wieder los?“, fragt Carmen, die sofort zur Stelle ist.
Mit verschränkten Armen stellt sie sich ihrem Bruder in den Weg, aber er schiebt Carmen wortlos zur Seite, weil er in seinem Zimmer unbedingt die Handynummer notieren muss. Er wirft die Tür hinter sich zu. Verzweifelt kritzelt er die Zahlen auf den Umschlag eines Schulheftes. Dann sucht er sich einen Fetzen Papier, schreibt die Zahlen noch einmal auf und stopft den Zettel in seine Hosentasche.
„Der ist platt. Der ist total zugeknallt! Brandheiße Liebesgeschichten!“, ruft Carmen ihm mit kreischender Stimme nach. Und dann mischt sich Frau Thon ein, die von der ersten Etage herunterkommt, alarmiert vom Türenschlagen und von Carmens Geschrei.
„Jetzt reicht's! Hört auf zu streiten!“
Aber dann wird ihr klar, dass die vermeintlichen Streithähne sich längst getrennt haben, falls es überhaupt einen Streit gab.

„Heiliger Geist, komm über mich! Aber Tempo!"
Ein guter Einfall muss her, eine schnelle Ausrede. Nick zermartert sich den Kopf, wie er seiner Mutter begreiflich machen kann, dass er um fünf unbedingt noch einmal das Haus verlassen muss.
Sobald die Luft rein ist, pirscht Nick zum Telefon und wählt Olivers Nummer. Zu blöd, es meldet sich nur der Anrufbeantworter. Dem kann Nick nichts anvertrauen. Höchste Geheimhaltungsstufe!

Nick bremst und springt von seinem Fahrrad herunter. Er keucht heftig. Erst in allerletzter Sekunde konnte er lossprinten. Immerhin, er hat es geschafft. Die alte Ziegelei liegt vor ihm. Zuversichtlich sieht er sich um, während er an einer Reihe von Baucontainern entlangwandert. Dabei muss er über ein paar Pfützen springen.
Dann hört er eine bekannte Stimme.
„Was denn, bist du allein?"
„Wie du siehst. So schnell war leider niemand aufzutreiben", stammelt Nick angesichts dreier weiblicher Wesen, die ihn reichlich unfreundlich empfangen.
Sie kommen hinter einem der Container hervor. Jana ist da, Katrin und ein älteres Mädchen, eher schon eine junge Frau. Sie hat wohl das kleine rote Auto gefahren, das Nick vorher schon entdeckt hat. Was ihm sofort auffällt, ist das starke Make-up, das die drei aufgelegt haben. Katrin und Jana sehen mindestens zwei Jahre älter aus.
„Wollt ihr zum Film?", fragt Nick, ohne eine Antwort zu bekommen.
Ihn beschleicht das dumme Gefühl, dass die mit einer braunen Wildlederjacke und weißen Jeans bekleidete Autofahre-

rin ein anderes Kaliber von einem männlichen Helfer erwartet hat. Sie schaut ihn jedenfalls ein wenig belustigt an, während sie ihm eine Hand reicht.
„Tina“, sagt sie mit erstaunlich tiefer Stimme. „Ich bin die Cousine von Jana.“
Nick lächelt verkrampft-freundlich zurück. Jana zuliebe möchte er es sich nicht mit deren Cousine verderben.
„Los, wir haben keine Sekunde zu verlieren!“, bestimmt Katrin.
Von der ehemaligen Ziegelei ist nicht viel übrig geblieben. Nur die Verwaltungsgebäude ringsum stehen noch, staubige Kästen mit Flachdach. Neue Läden haben sich in den dreigeschossigen Gebäuden einquartiert. Nick erkennt einen Fotokopier- und Druckladen, ein Fitness-Studio und ein Motorradgeschäft mit Werkstatt.
Jana zieht Nick an einer Hand mit sich. Sie gehen auf ein altes Backsteingebäude zu. An der Stirnseite führt eine rostige Eisentreppe zur ersten Etage.
Tina klopft an die Stahltür. Es tut sich nichts. Sie klopft etwas kräftiger. Nichts. Dann tritt Jana mit ihren Plateausohlen dagegen. Sofort setzt das Knurren eines Hundes ein. Schritte. Im gleichen Moment öffnet sich die Tür. Ein junger Mann hält einen Hund an der Leine. Der Hund sieht wie ein Pitbull aus, findet Nick. Gefährlich scheint er auf jeden Fall zu sein. Unwillkürlich gehen alle einen Schritt zurück.
„Ist Beate hier?“, fragt Jana.
„Was wollt ihr von ihr?“, fragt der schwarzhaarige Mann mit dem Dreitagebart zurück.
„Wir sind Freundinnen von ihr und wollen sie besuchen.“
„Und der Knilch da?“
Mit seinem Kinn deutet der braun gebrannte Typ auf Nick.

„Ein Schulfreund", sagt Jana schnell, bevor jemand antworten kann.
Den Hund reizt hier nichts mehr. Er will unbedingt zurück. Mit aller Macht zieht er an der Leine, sodass sich die Eisentür noch ein Stück weiter öffnet. Ein großer Raum, starke Deckenstrahler. Im Hintergrund sind zwei Mädchen mit dunkler, glänzender Haut zu erkennen. Sie tragen weiße Bademäntel.
„Pech für euch. Sie ist nicht da", erklärt der Hundebesitzer. „Also zieht ab."
Während er das sagt, betrachtet er Jana und Katrin genauer als vorher, seine Blicke wandern an ihnen hinauf und herunter. Da ist so etwas Taxierendes in seinen dunklen Augen.
„Vielleicht sehen wir uns abends mal unten im Laden", sagt er noch und versucht eine gewisse Freundlichkeit in sein Gesicht zu zaubern.
Mit einem Daumen deutet er zur Disco. Er kneift den Mädchen ein Auge zu. Und er beginnt, weil irgendwo laute Musik einsetzt, seinen Oberkörper nach rechts und nach links zu beugen, er rollt mit den Schultern und lockert seine Armmuskeln.
„Das glauben wir nicht", sagt Tina. „Wir haben sie vor wenigen Minuten durch diese Tür hereingehen sehen."
„Schon möglich. Sie hat sich hier umgezogen, ist nach unten gegangen und unten im Hof in ein Taxi gestiegen. Kapiert?"
Nick erkennt keine Chance, sich einzumischen. Das Gefühl, hier überflüssig zu sein, wird immer stärker. Er lehnt sich auf das Geländer der Eisenplattform und beobachtet das Geschehen. Mit seiner bescheidenen Rolle ist er allerdings nicht zufrieden.

„Also, verzieht euch!", brummt der junge Mann, der eine Sonnenbrille aus seiner Brusttasche zieht. „Besucher sind hier nicht erwünscht."
Als er die Sonnenbrille auf der Nase hat, gibt er Tina einen Schubs. Sie kann sich gerade noch an Jana und Katrin festhalten. Mit einem satten Knall fällt die Tür ins Schloss. Sie wird von innen verriegelt.
„Erstklassiger Rausschmiss", stellt Tina fest, und ihre Stimme klingt noch um einiges tiefer als vorher.
„Wir waren doch noch gar nicht drin", bemerkt Jana.
„Mistladen!", schimpft Katrin und tritt mit Wut gegen die Tür, hinter der wieder das Knurren des Hundes zu hören ist.

Besorgt sieht Nick auf seine Uhr. Er kann es sich nicht erlauben, noch lange hinter dem roten Mini herzufahren. Und allmählich geht ihm nicht nur die Puste aus, er verliert auch den kleinen Flitzer aus den Augen.
Schließlich erreichen sie das ‚Bitter End', eine in einer Sackgasse gelegene Disco, die erst vor wenigen Tagen eröffnet wurde. Vorher gab es dort das ‚Scala', ein traditionsreiches Kino. Tina stellt das Auto am Rand des Parkplatzes so ab, dass es vom Eingang der Disco nicht zu erkennen ist. Mit einer Zigarette in der Hand kommt sie auf Nick zu, während Jana und Katrin im Auto bleiben.
„Beate kennt mich nicht. Deshalb kann nur ich da reingehen. Ich muss mir nur noch einen Vorwand einfallen lassen."
„Wieso seid ihr sicher, dass sie hier ist?", fragt Nick.
„Sicher? Wir vermuten das auf Grund unserer tagelangen Ermittlungen."

„Okay, Chefin, ich warte hier“, sagt Nick, der sich erschöpft auf die Stange seines Fahrrades gesetzt hat.
„Es wäre vorteilhaft, wenn dich hier niemand sehen würde“, meint Tina, und Nick fühlt sich zu unrecht belehrt, denn er wollte sich mit seinem Fahrrad sowieso hinter die Büsche zurückziehen.
Zum Glück ist die Eingangstür schon geöffnet. Tina verschwindet in der Tür, nachdem sie sich noch einmal nach Jana und Katrin umgesehen hat. Nick stellt sein Rad ab und steigt in das rote Auto. Gemeinsam lässt es sich besser warten.
Trotz zweifachen Protestes muss Katrin unbedingt rauchen. Um sich zu beruhigen, wie sie sagt. Als die Autofenster zu beschlagen beginnen, ist Tina wieder da. Sie kommt auf ihren Wagen zu, zieht die Fahrertür auf.
„Leute, ich weiß nicht, ob sie's ist. Ich hab mich als Journalistin ausgegeben, die einen Bericht über die neue Disco plant. Ziemlich dunkel, der Laden.“
„Und was ist mit Beate?“, will Katrin wissen.
„Da steht ein Mädchen hinter dem Tresen, voll aufgeputzt, gut durchgestylt. Aber ob eure Beschreibung auf sie zutrifft – ich habe meine Zweifel.“
„Dann müssen wir rein“, erklärt Jana.
„Ich mach das“, schlägt Katrin vor. „Ich kenne sie am besten.“ Sie schnippt ihre Zigarette weg und steht schon vor dem Auto.
„Und ich bin dabei“, bietet sich Nick an, der plötzlich eine Chance sieht, doch noch seine Schutzaufgabe zu erfüllen.

„Herzklopfen?“, fragt Katrin leise, als sie vor der Eingangstür stehen.

„Keine Spur", flüstert Nick.
Katrin legt ihm einen Arm um die Schulter, was ihn im Moment mehr irritiert als das Betreten der fremden Diskothek.
„Wird schon schief gehen!", sagt Katrin.
Hinter dem Eingang gibt es auf der linken Seite eine Garderobe, rechts geht es zur Tanzfläche und zu einer langen Theke. Rockmusik schlägt ihnen entgegen. Die Bässe hämmern auf den Magen.
Als Katrin und Nick wahrgenommen werden, kommt ihnen sofort ein Hüne von Mann entgegen. Auf seiner kahlrasierten Kopfhaut spiegeln sich die Deckenleuchter.
„Ja?", fragt er und baut sich ganz nahe vor ihnen auf.
Katrin ergreift die Initiative und schaut sich suchend um.
„Hm, wir wollen zu Frau Winter. Eine Journalistin, die über diesen Schuppen eine tolle Story schreiben soll."
Katrin spricht betont langsam, um an dem Riesen vorbei und ein paar Schritte weiter in den Raum zu gelangen. Nick folgt ihr mit gehörigem Abstand. Katrin gelingt die Eroberung von einigen Quadratmetern. Sie steht schon auf der hellblauen Tanzfläche, die von unten angestrahlt wird. Der Discjockey hebt seinen Kopf und lacht die beiden Eindringlinge freudestrahlend an.
„Hallo Freunde, ihr seid zu früh aufgestanden", ruft er in eines seiner Mikros.
Der Hüne versucht Katrin aufzuhalten, aber sie marschiert einfach weiter. Sie erreicht die lange Theke und hüpft auf einen der Barhocker.
„Hör zu, Mädchen, die Tante von der Zeitung ist schon wieder weg", schnarrt der riesige Rausschmeißer. „Also Abflug, Leute."
„Nein, nein, nein", erklärt Katrin ungerührt. „Sie hat uns auf-

getragen, hier unbedingt auf sie zu warten. Wir müssen ihr was Dringendes mitteilen."
Nick wird sich wieder seiner Rolle bewusst und ordert bei einer der beiden Thekendamen zwei Cola-Rum. Von Beate ist nichts zu sehen. Überhaupt, in diesem Teil der Disco ist es stockdunkel. Wären da nicht die vielen Spiegel, könnte man meinen, in einem Bergwerksschacht zu stehen.
„Ich denke, der Zeitungsartikel soll zur Imagewerbung beitragen", erklärt Katrin lauthals.
Sie hat Erfolg damit. Der Rausschmeißer zieht sich zurück und der DJ grinst sie werbemäßig an.
„Ich rede mal mit dem Boss", verkündet der muskelbepackte Riesenmensch.
Katrin sieht sich wohlgefällig um, während Nick die Eingangstür im Auge behält. Falls sie die Flucht ergreifen müssen.
„Bitte!" Zwei Gläser Cola-Rum stehen mit einem Mal auf der Theke. Katrin dreht sich langsam auf ihrem Barhocker herum und stößt einen kurzen Pfiff aus.
„He, Beate, was machst du denn hier?"
Nick wendet sich nun auch der Person zu, die hinter der Theke aufgeaucht ist.
„Hallo", sagt er möglichst cool.
Aber das Mädchen auf der anderen Seite zeigt keine Reaktion.
„Haut ab", zischt Beate vielmehr, wobei sie kaum die Lippen bewegt. „Lasst mich in Ruhe! Ich arbeite hier. Die dämliche Schule ist passé. Meine Mutter weiß Bescheid. Also alles in Ordnung. Nur ihr macht Theater."
Der DJ testet die Lautstärke seiner Boxen, fährt sie hoch und runter. Deshalb ist zeitweise kein Gespräch möglich.

„Trinkt aus und verschwindet“, bestimmt Beate.
Sie trägt ein hautenges schwarzes Korsett, das ihre kleinen Brüste betont. Von ihren Beinen, die in gemusterten Strümpfen stecken, ist wegen der Theke nicht viel zu sehen, so sehr Nick auch seinen Hals reckt. Keine Spur von einer grauen Maus. Der Gedanke geht Nick blitzartig durch den Kopf.
„Ich glaub das alles nicht. Das hier passt doch gar nicht zu dir“, sagt Katrin, die ihre Mitschülerin anstarrt, als käme sie geradewegs vom Mond.
„Ehrenwort, ich mach' das freiwillig hier, als Kellnerin und so. Mir macht das riesigen Spaß“, betont Beate. „Aber wenn ihr mich verpfeift, kriegt ihr gewaltigen Zoff! Und ich auch. Mein Freund lässt sich den Laden von niemandem kaputtmachen.“
Der Zoff lässt nicht lange auf sich warten. Nick bemerkt einen Schatten hinter sich. Zu spät. Er fühlt plötzlich eine starke Hand an seinem Hosengürtel. Der Inhalt des Colaglases schwappt ihm ins Gesicht. Der Hüne hat zugelangt und schleppt Nick wie ein Paket zum Ausgang. Ein anderer Mann hat Katrin ergriffen und ihr einen Arm auf den Rücken gedreht. Obwohl sie aufschreit und um sich tritt, lässt der Mann sie nicht los. Er schiebt sie einfach hinter Nick her, auf den Ausgang zu.
„Verdammt, loslassen!“, schreit Katrin.
Ehe sie sich versehen, stolpern sie nach draußen, wo sie sich nur mit Mühe auf den Beinen halten können.
„Schweine!“, schreit Nick und bleibt keuchend stehen.
Tina läuft ihnen entgegen. Katrin wirft sich ihr an die Schulter und weint wutentbrannt.
„Kommt!“
Schließlich hocken sie zu fünft im Auto und beratschlagen,

was zu tun ist. Jana schlägt vor, mit ihrem Handy die Polizei herbeizurufen. Aber ihr Angebot stößt nicht auf Zustimmung. Im Moment fühlen sie sich schlichtweg überrollt.
„Brutale Dreckskerle, schrecken vor nichts zurück“, stöhnt Katrin, die ihren rechten Arm massiert.
Als sich Nick nach einer Viertelstunde auf sein Fahrrad schwingt, beginnt er sich Gedanken über seine Erklärungen zu machen, die er zu Hause abliefern muss. Seiner Mutter hatte er beteuert, mit Thomas französische Grammatik zu pauken. Jetzt muss er sich schon wieder eine Ausrede einfallen lassen. Wegen seiner Colaflecken auf seinem T-Shirt, die auf gemeine Art nach Rum riechen.

Der Rektor der Einstein-Gesamtschule, Oberstudiendirektor Klaus Uhlenbruck, schüttelt immer wieder seinen Kopf. Was ihm Katrin Kestner aus der acht c in der großen Pause in aller Kürze erzählt, mag er gar nicht glauben.
„Ich bitte dich, Katrin, nach dem Unterricht noch einmal zu mir zu kommen“, sagt er schließlich mit einem Blick auf seine Schreibtischuhr. „Ich muss mir die Geschichte von Beate Nückels noch einmal in aller Ruhe durch den Kopf gehen lassen.“
Katrin ist heilfroh, die wichtigsten Dinge über Beate schon einmal losgeworden zu sein: Das Verschwinden. Die alte Ziegelei am Stadtrand. Die Wohnung über der Hochofen-Disco. Beates Auftritt als Kellnerin und Barfrau. Ihre trotzigen Sprüche. Der knallharte Rausschmiss aus der Disco ‚Bitter End‘. Auf den Unterricht kann sich Katrin nur mit Mühe konzentrieren. Immer wieder tauchen Szenen vor ihren Augen auf, die sich nicht verdrängen lassen. Nach der fünften Stunde sitzt sie wieder dem Schulleiter gegenüber.

Aber es kann kein Vier-Augen-Gespräch stattfinden. Herr Mintze vom Zweiten Kriminalkommissariat streckt ihr nämlich die Hand entgegen, als sie vom Sekretariat ins Rektorzimmer geschickt wird. Außerdem ist die Vertrauenslehrerin anwesend, Frau Kleffmann.
Herr Mintze ist ein sportlicher Vierzigjähriger mit einem mächtigen Schnauzbart. Ein Kriminalist, der offenbar gut zuhören kann. Nur seine Augen gehen unruhig hin und her. Er stellt keine Frage, er lässt Katrin berichten. Ein zweites Mal, und wesentlich ausführlicher als vorher, muss sie all das erzählen, was sie im Zusammenhang mit Beate Nückels beobachtet hat.
Frau Kleffmann nickt Katrin mehrmals aufmunternd zu. Das Reden macht kolossal durstig. Dreimal gießt der Rektor das Glas mit Mineralwasser voll, das Katrin zwischendurch mit großen Schlucken leert.
„Solche Ermittlungen sollte man uns Profis überlassen“, meint der Kriminalbeamte zum Schluss. „Wir sind dafür ausgebildet und haben unsere besonderen Erfahrungen. Außerdem sind solche Aktionen nicht ungefährlich.“
„Also abwarten und Tee trinken?“
Der Rektor sieht, wie Katrin empört nach Luft schnappt und wie sich ihre Miene verfinstert. Er möchte ihr helfen und wirft die Frage auf, ob die Polizei denn genauso intensiv wie die Schülerinnen nachgeforscht hätte.
Herr Mintze windet sich. Er muss einräumen, dass man sicherlich andere Ermittlungswege gewählt hätte – wenn überhaupt.
„Genau das haben wir uns gedacht“, erklärt Katrin, die durch das Eingreifen des Rektors wieder Auftrieb erhalten hat. „Wir sind davon ausgegangen, dass Beate verzweifelt ist,

weil sie nicht versetzt wurde. Wir wollten ihr helfen; in ihrer Nähe sein, sie zurückholen. Dass sie in schlechte Hände gefallen sein könnte, haben wir nicht erwartet."
„Es steht doch gar nicht fest, dass sie in schlechte Gesellschaft geraten ist", wirft Frau Kleffmann ein.
„Bei mir besteht großes Verständnis für euer Eingreifen", erklärt Herr Mintze, als er sich aus dem Sessel erhebt. „Danke. Mit euren Informationen kommen wir vielleicht einen Schritt weiter. Ich verspreche, dass wir alles daransetzen werden, Licht in das Dunkel zu bringen."
„Aber was tun Sie denn, um Beate zu helfen?", fragt Katrin, der die Auskunft des Kriminalisten zu schwammig erscheint.
„Ich bitte darum, in den nächsten drei, vier Tagen nichts zu unternehmen", sagt Herr Mintze und gibt dem Rektor und Katrin die Hand. „Jetzt sind wir am Zuge."
„Das ist ganz in unserem Sinne", sagt Herr Uhlenbruck.
Er sieht Katrin an und erwartet von ihr so was wie eine stille Zustimmung. Erneut nickt ihr Frau Kleffmann freundlich zu.
„Manchmal klärt sich ein schwieriger Fall von ganz allein", sagt sie.

Unerwartet gibt es neuen Dampf in der schulischen Gerüchteküche. Die Kriminalpolizei soll den Rektor, eine Lehrerin und einige Schülerinnen vernommen haben. Es geht immer noch um das verschwundene Mädchen aus der acht c.
„Aber mit uns hat niemand geredet!"
Bei Katrin, Jana und Nick, die sich an das vereinbarte Stillschweigen gehalten haben, macht sich Verbitterung breit. Nach drei Tagen hat sich offensichtlich nichts getan. Beate ist jedenfalls nicht wieder da.

Sie rufen beim Zweiten Kommissariat an und möchten Herrn Mintze sprechen. Der ist aber zu Ermittlungen unterwegs. Und Auskunft über eine Schülerin namens Beate Nückels wird fremden Personen nicht erteilt. Auch dann nicht, wenn es sich nicht um Fremde, sondern um Mitschüler handelt. Im übrigen könnte das ja jeder behaupten.
„Arrogante Pinsel“, schimpft Katrin los.
„Leute, in zehn Tagen fangen die Ferien an“, verkündet Jana. „Dann bin ich weg. Drei Wochen Cluburlaub auf Fuerteventura.“
„Bleib doch einfach hier“, schlägt Nick grinsend vor. „Ich fahr nämlich erst in den letzten drei Ferienwochen los.“
Jana schüttelt den Kopf.
„Keine Chance. Meine Eltern lassen mich auf keinen Fall allein zurück.“
Auf den Namen des Kriminalbeamten Mintze stoßen sie erst wieder nach einer Woche. Er hat nicht zu viel versprochen. Mit großen Überschriften berichten die Zeitungen über eine Razzia, die die Polizei auf dem gesamten Gelände der alten Ziegelei durchgeführt hat. Der Einsatz erbrachte eine Menge neuer Erkenntnisse. Zwei Männer wurden festgenommen, denen Menschenhandel, Nötigung und Zuhälterei vorgeworfen wird. Von vier festgenommenen Frauen kommen zwei aus dem Ostblock. Illegaler Aufenthalt und Prostitution wirft man ihnen vor. Von einer aufgegriffenen Schülerin ist alledings nichts zu lesen.
„Nur Sex and Crime“, meint Katrin.
„Sollen wir uns damit etwa zufrieden geben?“, fragt Jana wütend.
In der Schule heizen die Zeitungsberichte die Spekulationen an. Angeblich soll Beate von der Polizei und gegen ihren

Willen zu ihrer Mutter zurückgebracht worden sein. Sollte sie Schwierigkeiten machen, würde sie in ein Heim kommen. Trotz allem werde sie nach den großen Ferien wieder zur Schule gehen.
„Blöde, wenn wir in den fünf Wochen Ferien nichts erfahren", stellt Jana fest.
„Ich werde mich um sie kümmern", erklärt Katrin. „Nach wie vor ist sie ja meine Schulkameradin."
Nick kann sich nicht vorstellen, was Katrin ausrichten könnte.
„Ganz einfach. Am ersten Ferientag geh ich zu ihr. Vielleicht ist sie tatsächlich nach Hause zurückgekehrt."
Jana protestiert. So lange möchte sie nicht warten.
„Bevor ich mit meinen Eltern abdüse, will ich wissen, was mit Beate los ist. Immerhin haben wir uns große Sorgen und viel Arbeit mit ihr gemacht."
Das sieht auch Katrin ein. Es muss gehandelt werden. Jetzt oder nie, nämlich am vorletzten Schultag. Nachmittags will sie sich auf den Weg zu Beate machen und ihnen sofort Bericht erstatten. Für den frühen Abend haben sie sich im Eissalon ‚Venezia' verabredet.

Sie sind sehr früh da, Jana und Nick, viel zu früh. Schade, von Anfang an steckt der Wurm drin, in diesem Abend. Der Orangensaft, den sie bestellen, schmeckt bitter, der Cappuccino ist fast kalt. Das Warten nervt sie beide. Sie merken, dass es ihnen schwer fällt, sich locker zu unterhalten.
„Schlechte Laune, Kommissar Schimanski?", fragt Jana.
„Schon möglich."
„Du musst lernen, dass du nicht immer auf der Gewinnerseite stehen kannst."

„Stimmt, macht aber keinen Spaß.“
Als Katrin endlich auftaucht, sind sie heilfroh. Trotzdem dauert es eine Zeit lang, bis ihre Stimmung wieder ausgeglichen ist.
Katrin hat sich erst einmal eine Zigarette angesteckt. Sie lehnt sich auf ihrem Stuhl weit zurück und streckt die Beine lang aus, um den Rauchwolken besser nachschauen zu können.
„Verdammt, spann uns nicht so lang auf die Folter!“, knurrt Nick.
„Es war schwieriger als erwartet.“
„Erzähl! Mach's nicht so spannend.“
„Ihre Mutter wollte mich gar nicht zu ihr lassen. Über die Sprechanlage gab es ein langes Hin und Her, bis ich sie überzeugen konnte, dass ich mit Beate zur Schule gehe.“
„Na und, war Beate überhaupt da?“
„Gut, dass ich sie heute besucht habe“, erklärt Katrin, die ziemlich erschöpft aussieht. „Beate fährt morgen zu ihrer Oma nach Regensburg. Sie hat Angst vor den Typen, denen sie in die Hände gefallen ist. Über das, was in den letzten Wochen mit ihr geschehen ist, hat sie allerdings wenig erzählt. Sie macht sich selbst Vorwürfe, weil sie so schrecklich gutgläubig war, ausgesprochen naiv. Das Mädchen ist total down.“
„Was denn, ist das alles?“, fragt Nick. „Keine Details?“
Katrin holt tief Luft, nachdem sie ihre Zigarette ausgedrückt hat.
„Von ihr kamen nur ein paar Stichworte. Sie ist da in etwas hineingeschlittert, was sie irgendwann nicht mehr steuern konnte. Ihr neuer Freund hat sie geleimt, regelrecht verhökert. Bei ihr war es jedenfalls Liebe auf den ersten Blick.“

„Oh, Mann!"
Nick stöhnt auf, hält sich aber mit einem Kommentar zurück.
„Uns reicht es, dass sie wieder da ist", meint Jana.
„Beate fürchtet, nach ihrer Rückkehr aus Regensburg von der Polizei ausgequetscht zu werden", erzählt Katrin und bläst den Qualm ihrer zweiten Zigarette hoch in die Luft. „Über all die Leute, mit denen sie Kontakt hatte."
„Irre gut. Endlich Ende der ‚Stillen Post'", meint Nick abschließend. Die gute Nachricht sorgt für Erleichterung, lockert die drei allmählich wieder auf. Jeder vertilgt eine Rieseneisportion, die Jana spendiert. Als Urlaubsrunde.
„Leute, wir sind ein ungewöhnlich erfolgreiches Team", verkündet Katrin, die Nick zuzwinkerte.
Nick nutzt die Gunst des Augenblicks. Er schraubt sich von seinem Stuhl hoch und erhebt seinen Eisbecher wie einen schweren Pokal.
„Never change a winning team!", sagt er feierlich und stößt erst mit Katrin und dann mit Jana an. Es entsteht ein schepperndes Geräusch, als Blech auf Blech trifft.
„Eigentlich müssten wir zusammen mit Beate ihre Wiedergeburt feiern", meint Jana.
„Das holen wir nach, wenn Beate tatsächlich wieder da ist", schlägt Katrin vor.
Es wird doch noch ein gemütlicher Abend, wenn er auch nicht mehr lange dauert. Als sie draußen vor dem Eissalon stehen, sagt Katrin:
„Komisch, nach den großen Ferien geht Beate wieder zur Schule. Als wäre überhaupt nichts passiert. – Manchmal klärt sich ein schwieriger Fall von ganz allein."
Nick sieht sie überaus nachdenklich an.

So schnell geb ich nicht auf

„Das war – Spitze!“

Bevor sie in den Duschraum huschen, klatschen Oliver und Nick die Hände gegeneinander. Die anderen aus der Mannschaft sind noch dabei, sich die verschwitzten Trikots vom Körper zu zerren. Triumphgeschrei. Bierflaschen kreisen.

„Einfach super!“, jubelt Jochen, der Mannschaftsführer von ‚Phönix‘. „Männer, das war Basketball in Vollendung.“

Völlig unerwartet konnten sie den Favoriten ‚BC Nordpark‘ besiegen, haben ihn regelrecht auseinander genommen, demoralisiert: 79 zu 48.

Beim Anziehen lassen sich Nick und Oliver Zeit, weil sie immer wieder auf einzelne Spielzüge und Korbwürfe zurückkommen. Unwillkürlich geraten sie erneut ins Schwitzen. Fast zehn Minuten braucht Oliver, um seine langen Haare trocken zu föhnen.

Als sie endlich vor der Tür der Turnhalle stehen, erfasst die Nachmittagssonne sie mit sanfter Kraft. Sie halten Ausschau, ob jemand sie im Auto mitnehmen könnte. Aber es bietet sich niemand an.

Mit den nassen Sachen haben Nicks Rucksack und Olivers Tasche ihr Gewicht verdoppelt.

„Komm, bis zum Bus ist es nicht weit.“

„Nein, hierher, ich kenne eine Abkürzung“, schlägt Nick vor. Weil es ihm zu warm ist, hat er seine Jacke locker über die Schulter geworfen.

Sie biegen rechts ab und durchqueren den Seiteneingang des

Stadions. Die Anlage hat schon bessere Zeiten gesehen, gut besuchte Spiele oberhalb der Verbandsliga. Die Stehplätze sind grün bewachsen, auf der Aschenbahn sprießen Disteln. Nur der Fußballrasen macht noch einen gepflegten Eindruck.

Nick und Oliver laufen über die weiche Rasenfläche, um das Stadion durch den Haupteingang zu verlassen.

„Mensch, alle sind ausgeflogen. Ferien können verdammt langweilig werden“, meint Oliver, der seine schwere Tasche inzwischen geschultert hat.

„Stimmt. Jana wollte mir eine Ansichtskarte schicken“, sinniert Nick. „Aber bisher ist noch nichts bei mir gelandet. Treulose Tomate!“

Sie haben noch nicht den Rasen verlassen, als sie ihre Schritte verlangsamen. Fünf, sechs dunkelhaarige Burschen tauchen wie aus dem Nichts vor ihnen auf. Algerier, Libanesen, Marokkaner vielleicht. Ein großer Blonder bewegt sich an der Spitze der Gruppe. Er überragt sie alle. Ein Deutscher, der den Anführer spielt. Seine Begleiter tragen grüne Baseballmützen, deren Schirme nach hinten zeigen. Nach wenigen Schlenderschritten steht der Blonde mit verschränkten Armen vor ihnen. Unentwegt versuchen seine Zähne ein Kaugummi zu zermalmen. Missmutig schaut er auf sie herunter.

„Habt ihr mal ne Zigarette für mich?“

„Nee, wir sind Sportler“, antwortet Oliver. „Kommen gerade aus der Halle. Basketball.“

„Lügt nicht! Was schleppt ihr da mit?“

Der Blonde deutet auf Olivers Tasche und Nicks Rucksack. Die Mützenträger bilden einen beängstigenden Halbkreis.

„Nasse Sportklamotten“, erklärt Nick.

Er möchte weitergehen, aber der Blonde macht einen Schritt

zur Seite und verstellt ihm den Weg. Seine Begleiter rücken sofort nach.
„Gib's zu, lauter geklaute Sachen. Sonst würdet ihr nicht hier herschleichen."
„Ehrlich, wir haben nichts Besonderes bei uns", sagt Oliver. Er schaut sich verstohlen um. Nichts zu machen. Da ist niemand weit und breit, der sich helfend einmischen könnte. Kein Platzwart und kein Geschäftsstellenleiter, kein Fußballer und kein Trainer.
„Das hier ist unser Gelände", behauptet der blonde Anführer. „Ihr seid auf feindlichem Gebiet."
„Wir wollen doch nur zum Bus", erklärt Oliver.
„Wir kommen in friedlicher Absicht", ergänzt Nick, der seine Jacke inzwischen unter einen Arm geklemmt hat.
„Ihr lügt, ihr Wichser!"
Und dann geht alles ruckzuck. Wie auf Kommando springen die Kerle auf sie zu, einer fliegt von hinten heran und würgt Olivers Hals, Fäuste treffen ihn am ganzen Körper. Nick krümmt den Rücken, um sich vor den Schlägen zu schützen. Aber die Angreifer sind überall und schlagen gezielt zu. Am Ende treten sie die beiden einfach zu Boden. Sie schnappen sich den Rucksack und die Tasche, außerdem Nicks Jacke. Mit wildem Lachen stürmen sie davon, auf die Mannschaftskabinen unter der Zuschauertribüne zu.
„Oh Scheiße!"
Oliver und Nick rappeln sich langsam auf. Sie versuchen zu begreifen, was da mit ihnen passiert ist. Nick reibt sich die rechte Hand, die ihm bei dem Gerangel schmerzhaft verdreht wurde. Oliver spuckt auf den Rasen. Gras ist ihm zwischen die Zähne geraten. Seine Unterlippe blutet.
„Hervorragende Abkürzung!"

Schwer atmend stehen sich die beiden gegenüber.
„Schweinebande!“, keucht Nick, der eine Schwellung neben dem linken Auge betastet. „Ich könnte sie umbringen! Einen nach dem anderen!“
„Versuch's doch mal, Nicky.“
Oliver zieht ein Taschentuch aus der Tasche. Vorsichtig wischt er sich übers Gesicht. Er tupft seine Unterlippe ab, betrachtet entgeistert die Blutflecken und wirft das Taschentuch auf den Rasen. Nick kontrolliert derweil seine Hosentaschen.
„Saubande! Mein Portmonee ist auch weg.“
Aus der Gesäßtasche seiner Jeans zieht Oliver eine Telefonkarte. „Die haben sie zum Glück nicht gefunden. Aber alles andere ...“
Ohne noch weiter zu überlegen, gehen sie auf den Haupteingang zu, den Schlägern nach. Nick humpelt die Treppenstufen hoch, die an den Sitzplätzen vorbei zur Sprecherkabine führen. Von dort kann er die leeren Parkplätze und das Wiesengelände vor dem Stadion überblicken. Er deutet auf eine Gruppe, die sich schon ziemlich weit entfernt hat.
„Das könnten sie sein. Komm, beweg dich!“
„Willst du etwa hinterher?“, fragt Oliver. „Noch einmal Prügel beziehen?“
„Olli, so schnell geb ich nicht auf.“
Trotz der Schmerzen beeilt sich Nick, durch das Eingangstor zu gelangen. Humpelnd rennt er über den Parkplatz, bleibt stehen und sieht sich nach Oliver um.
„Mach schon, sonst sind sie weg!“
„Ach, Schimmi, die kriegen wir nicht mehr. Die sind weg. Dumm gelaufen.“
Nick rennt einfach weiter. Die Wut treibt ihn voran, und Oli-

ver folgt ihm, allerdings mit einigen Flüchen auf den Lippen. Als Nick die Querstraße erreicht, springt er auf die Fahrbahn und läuft auf das erstbeste Auto zu. Er versucht es anzuhalten. Ohne Erfolg. Erst der vierte Wagen hält. Die Fahrerin tritt wütend auf die Bremse und lässt die Seitenscheibe herunter.
„Was soll der Blödsinn? Es gibt doch wohl bessere Spiele!"
„Kein Spiel. Wir, mein Freund und ich, sind beklaut worden", ruft Nick der Frau zu und deutet in die Fluchtrichtung der Bande. „Da hinten sind sie. Wir müssen sie verfolgen, am besten mit einem Auto."
„Aber nicht mit mir. Oh nein, das kann ich nicht", schreit die Fahrerin entsetzt auf und gibt Gas. Fast hätte sie Nick, der sich in das Fenster gelehnt hat, mitgeschleift.
„Scheiße! Alle mögen Krimis, aber richtig dabei sein will keiner!"
Er winkt Oliver heran, drängt ihn ein paar Meter nach rechts und reißt die Tür einer Telefonzelle auf.
„Los, schieb deine Karte rein und ruf die Bullen her!"
„Aber in der Zwischenzeit ist die Bande über alle Berge!"
„Das wollen wir mal sehen. Ich bleib ihnen auf den Fersen!", ruft Nick und humpelt über die Kreuzung.

Das Gespräch mit der Polizei ist sehr kurz. Sie, die Überfallenen, sollen an der Telefonzelle auf einen der eingesetzten Wagen warten. Der sei in der Nähe des Schlosses neben dem Stadion und bereits zu ihnen unterwegs.
„Tempo, sonst haben wir keine Chance", schreit Oliver, bevor er das Telefonat beendet.
Weil die Straße in einem leichten Bogen verläuft, ist von Nick nichts mehr zu sehen.

Nur wenige Augenblicke später jagt ein schwarzer Golf heran. Zwei Männer in Jeansklamotten springen heraus.
„Hast du angerufen? Wo ist denn dein Kumpel?"
„Mein Freund rennt hinter ihnen her."
Die Männer zücken ihre Kripomarken.
„Hopp, steig ein. Wir versuchen sie noch zu erwischen."
„Da geht's lang!"
Oliver zeigt die Straße hinauf, wo er Nick vermutet. Als sie in dem Auto sitzen und quer über eine Rasenfläche sausen, bemüht sich Oliver, die Clique zu beschreiben. Den großen Blonden, seine Begleiter mit den grünen Mützen. Von dem geklauten Rucksack und der Sporttasche ist natürlich auch die Rede. Währenddessen rasen sie hinter Nick her, den sie für einen Moment an einer Straßenecke gesichtet haben. Eine Ampel, die auf rot gesprungen ist, hält sie auf. An der nächsten Kreuzung tritt der Fahrer plötzlich auf die Bremse.
„Und weiter?", fragt er, weil nun auch Nick wie vom Erdboden verschluckt ist.
Sie schauen nach links und nach rechts, aber es zeigt sich kein Verfolger und kein Verdächtiger.
„Teufel, nichts mehr zu machen."
„Sagt mir erst mal eure Namen und Anschriften", bittet der Beifahrer, der vermutlich der Streifenführer ist.
Er hält Oliver ein kleines Diktiergerät vor die Nase.
Langsam nimmt das Auto dann wieder Fahrt auf. Der Streifenführer schlägt enttäuscht gegen die Seitenscheibe. Über Funk teilt er den anderen Streifenwagen mit, auf eine Gruppe von Jugendlichen zu achten, bei denen einer vermutlich einen Rucksack und ein anderer eine schwere Sporttasche trägt.

Sie fahren einige Straßen ab, eher planlos als gezielt, sie schauen in Hofeinfahrten. Nick und die Gruppe sind verschwunden.
„Sorry, wir haben Pech“, stellt der Polizist am Steuer bedauernd fest und dreht sich kurz zu Oliver herum.
„Wo wohnt ihr denn?“, fragt der andere.
„Schmiedestraße 37 und Westring 4“, antwortet Oliver. „Ich wohne am Westring.“
„Okay, wir bringen dich nach Hause. Dein mutiger Freund Nick wird wohl selbst seinen Heimweg finden. Morgen kommt ihr mit euren Eltern zu uns und erstattet Anzeige gegen unbekannt.“
Jetzt erst, als von den Eltern die Rede ist, wird Oliver so richtig bewusst, was passiert ist. Nick ist verschwunden und alle Sportsachen sind weg – geklaut, geraubt, jedenfalls weg. Und obendrein haben sie auch noch Prügel bezogen. Er beginnt heftig zu schlucken, denn in seinem Hals steckt ein dicker Kloß.
„Scheiße!“, sagt Oliver leise.
Allmählich nähern sie sich der Innenstadt. Der Verkehr nimmt zu. Es geht nur noch langsam voran. Oliver lässt sich zurück in den Rücksitz fallen und schließt die Augen. Hätten sie bloß nicht die Abkürzung genommen …
Dann wirft er einen Blick aus dem Fenster und schreckt hoch.
„Halt! Da ist Nick! Ich muss ihm helfen!“
Oliver ergreift den Türgriff. Er öffnet die Tür einen Spalt breit. Der Fahrer tritt auf die Bremse und lenkt den Wagen nach rechts.
„Stopp! Hier geblieben!“, ruft der Polizist auf dem Beifahrersitz. „Das erledigen wir!“

Aufgeregt deutet Oliver nach rechts hinüber. Er sieht, wie Nick auf einem unbebauten Grundstück mit einem Jugendlichen rangelt. Nick, der einen Kopf kleiner als sein Widersacher ist, versucht ihn festzuhalten. Er bekommt einen Schlag gegen die Brust. Danach dreht sich sein Gegner einmal um die eigene Achse und versetzt Nick einen Fußtritt gegen die Schulter. Nick stürzt zu Boden rappelt sich wieder hoch. Als der schwarze Golf auf dem Gehweg auftaucht, nimmt der Jugendliche Reißaus.
„Da! Der gehört dazu! Los, den packen wir uns!"
„Stopp! Nicht bewegen!", sagt der Mann auf dem Beifahrersitz. „Zu spät. Lass ihn laufen. Besser, wir beobachten ihn. Vielleicht führt er uns zu den anderen."
„Mensch, der Kerl haut mit Nicks Schimanski-Jacke ab!"
„Womit?"
„Nun ja, mit seiner allerbesten Jacke."
Dann ist Oliver nicht mehr zu halten. Er springt aus dem Auto und winkt Nick heran. Der ist völlig außer Atem und leichenblass. Er wankt auf das Auto zu und beginnt wieder zu humpeln. Sein Gesicht ist von Schmerzen gezeichnet. Er ist am Ende seiner Kräfte. Während des Humpelns betastet er sein rechtes Knie.
„Verflucht, er ist mir entwischt!", stößt Nick enttäuscht hervor. „Zu zweit hätten wir ihn dingfest gemacht."
Mit letzter Kraft lässt er sich auf den Rücksitz des Autos fallen und zieht die Autotür zu. Nick kann nicht mehr. Er ist völlig ausgepumpt.
„Das ist heute nicht mein Tag", sagt er. „Die Bande hat sich aufgeteilt, in alle vier Himmelsrichtungen. Ich konnte nur diesen einen verfolgen."
Der Streifenführer will vorsichtshalber wissen, ob sie sich

nicht geirrt haben,ob sie sicher sind, tatsächlich jemanden von der Bande vor sich zu haben. Ja, Oliver und Nick sind sich ganz sicher, obwohl der Typ jetzt ohne Mütze unterwegs war. Sie haben ihn an seiner weißen Hose mit den drei roten Streifen erkannt.

„Und außerdem hat er meine Jacke an. Die hat mir jemand im Stadion entrissen. Kurz bevor ich ihn packen konnte, hat der Typ meinen Rucksack verschwinden lassen. Irgendwo unterwegs."

Der Beamte greift in seine Jackentasche und schaltet ein kleines Funkgerät ein. Dann nickt er seinem Kollegen zu. Die beiden scheinen gut eingespielt zu sein.

„Ihr bleibt mit dem Auto dran an dem Kerl, so gut es geht. Ich halte ihn zu Fuß im Auge. Alles klar?"

Der Polizist steigt aus, kommt aber nach wenigen Schritten zum Auto zurück.

„Wartet bitte, ich schau mal nach dem Rucksack. Vorhin hab ich was beobachtet –"

„Ich komm mit!", bestimmt Oliver.

Im Nu steht er neben dem Beamten und marschiert mit ihm los. Als sie zurückkommen, strahlt der Streifenführer übers ganze Gesicht. Der Rucksack ist wieder da.

„Den hat dein Gegner in einem Container verschwinden lassen. Das hatte ich mit einem Auge mitgekriegt."

„Klasse! Glück gehabt", jubelt Nick.

„Meine Tasche war leider nicht dabei", sagt Oliver.

Deshalb ist Oliver nicht so begeistert. Seine Hoffnung ruht darauf, jetzt wenigstens noch ein Mitglied der Schlägertruppe zu erwischen. Deshalb starrt er, als sich der Wagen wieder in Bewegung setzt, unentwegt durch die Seitenscheiben. Dann stößt er Nick an.

„Da! Das ist er doch!“
„Bleibt ruhig, Leute“, bittet der Fahrer die beiden. „Ich hab ihn längst im Auge.“
Der Jugendliche, den sie beobachten, schlendert erstaunlich gelassen an den Schaufenstern vorbei. So, als wäre er sich keiner Schuld bewusst. Zweimal zupft er an den Ärmeln seiner neuen Jacke herum, die ihm nicht nur gefällt, sondern auch passt.
„Am liebsten würde ich dem Typ meine Jacke vom Leib reißen“, knurrt Nick, der dabei ist, den Inhalt seines Rucksacks zu überprüfen. „Mein Portmonee ist jedenfalls nicht mehr da.“
„Ich würde ihm einiges antun“, fährt Oliver fort. „Hundertprozentig.“
„Beim nächsten Mal schlag ich als Erster zu!“, stellt Nick fest.
„Bitte die Ruhe bewahren, meine Herren!“, ermahnt sie der Polizist am Steuer.
Er versucht möglichst unauffällig dem Jugendlichen zu folgen, indem er zwischendurch das Auto anhält. Bei dem starken Verkehr ist das nicht gerade eine leichte Aufgabe. Sein Kollege nutzt das Gedränge auf dem Gehweg, um möglichst dicht hinter dem Jugendlichen bleiben zu können. Er spricht in sein Funkgerät, dreht sich dann zur Seite und macht eine bedeutungsvolle Handbewegung.
„Der Knabe will uns wohl nicht zeigen, wo er wohnt. Also müssen wir unsere Taktik ändern“, sagt der Beamte in dem Auto.
Es kommt zu einem schnellen Dialog mit seinem Kollegen. Das Wort „Zugriff“ ist mehrmals zu hören.
„Okay, ich geb euch ein Zeichen.“
Hinter ihm gibt es erst einmal ein Hupkonzert, weil der

schwarze Golf den Verkehr behindert. Das meinen zumindest einige eilige Autofahrer.
„Verdammt, verzieht euch!“, schimpft der Polizist vor sich hin. „Wir haben Wichtiges zu tun.“
Dann bleibt der Beobachtete vor einem Kiosk stehen, um etwas zu kaufen. Er muss warten. Zwei Personen sind vor ihm dran.
„Los jetzt!“
Oliver, der abwechselnd nach vorn und hinten geschaut hat, stößt Nick an und deutet hinter sich. In einer Ecke des Rückspiegels kann Nick erkennen, wie sich von hinten ein grünweißer Streifenwagen mit hohem Tempo nähert. Er überholt den Golf und schert direkt vor ihm auf ein freies Stück Fahrbahn ein. Im nächsten Augenblick stürzen zwei Uniformierte aus dem Wagen und rennen auf den Jugendlichen zu. Der schreckt zusammen, stößt einen Passanten zur Seite und spurtet los. Allerdings geht es in die falsche Richtung, denn er landet genau vor dem Zivilbeamten mit dem Funkgerät, der ihn mit beiden Armen kräftig umfasst und nicht mehr loslässt. Im Nu sind die Uniformierten bei ihm. Nick stellt fest, dass es sich um eine junge Polizistin und einen Polizisten handelt, die dem Festgenommenen in Windeseile Handschellen umlegen. Sofort hat sich eine Menge Zuschauer angesammelt, die das Geschehen mit großer Neugier verfolgen.
„Puh, geschnappt! Sie haben ihn“, flüstert Oliver. „Endlich!“
Der Jugendliche ist schon auf dem Weg zu dem Streifenwagen, wo er zunächst abgetastet und durchsucht wird. Die Autotüren werden aufgerissen. Mit seinen auf den Rücken gefesselten Händen hat der Festgenommene aber Schwierigkeiten, in den Streifenwagen zu gelangen.

„So, das wär's fürs Erste", sagt der Polizist in dem schwarzen Golf. „Jetzt geht's erst mal in die heimischen Gefilde."
„Aber meine Jacke!"
„Und meine Sporttasche!"
Der zweite Polizist reißt die Beifahrertür auf. Bevor er sich in das Auto schwingt, macht Nick erneut auf seine fehlende Jacke aufmerksam.
„Meine Herrschaften, wir bitten um Geduld. Es sind noch einige Ermittlungen anzustellen. Aber morgen gibt es zumindest die Jacke zurück."
„Und was ist mit meinen Sachen?"
„Vielleicht können wir von dem Knaben dort vorn erfahren, was damit passiert ist. Drückt uns die Daumen, dass er singt."
„Singt?"
„Jedenfalls soll er uns viel erzählen. Von sich und seinen feinen Freunden."
Zuerst wird Oliver abgeliefert. Er wirkt müde und ausgelaugt, im wahrsten Sinne des Wortes niedergeschlagen. Nick tätschelt mit einer Hand Olivers Rücken.
„Tschüs, Olli, bis morgen."
„Nicht die Hoffnung aufgeben", sagt einer der Polizisten. „Wir tun unser Bestes. Nur für euch setzen wir unseren kompletten Ermittlungsapparat in Bewegung."
„Viel Erfolg dabei!", murmelt Oliver.

Er muss die Türklingel drücken, denn seine Haustürschlüssel sind auch weg. Auf dem Weg durch den Hausflur betastet Oliver seine schmerzende Unterlippe, die noch stärker angeschwollen ist. Im zweiten Stock öffnet seine Mutter die Wohnungstür und stößt einen überraschten Schrei aus.

„Oh Gott, was ist passiert? Was hast du gemacht?"
Oliver zieht die Stirn kraus und geht erst einmal in die Wohnung.
„Wir, wir sind überfallen worden, Nick und ich. Eine Bande von mindestens sieben Leuten. Im Stadion war's."
„Wieso im Stadion? Und deine Sachen, deine Tasche?"
„Die haben sie uns geklaut."
Am liebsten würde Oliver losheulen, so elend fühlt er sich. Mittlerweile schmerzt der ganze Körper. Seine Mutter holt ihm ein Glas Orangensaft aus der Küche, das Oliver sofort herunterstürzt. Dann zieht sie ihn ins Badezimmer, schaltet das Licht ein und begutachtet seine Wunden.
„Junge, Junge, dich hat es bös erwischt."
Mit einem Waschlappen wischt die Mutter vorsichtig über sein Gesicht. Dann trägt sie mit noch größerer Vorsicht Wundsalbe auf.
„Nick erging es nicht besser", sagt Oliver. „Ich schwör's dir, beim nächsten Mal schlag ich als Erster zu."
Dann berichtet Oliver ein zweites Mal, wie alles abgelaufen ist. Seine Mutter sieht ihn voller Mitleid an.
„Das kriegen wir wieder hin", sagt sie. „Es hätte noch schlimmer ausgehen können."
Oliver schleppt sich ins Wohnzimmer und streckt sich auf der Couch aus.
„Aber beim nächsten Mal …"
Seine Mutter winkt ab.
„Schone deine Kräfte, beruhige dich, mein kleiner Pflegefall", sagt sie.
„Morgen weiß ich vielleicht mehr", sagt Oliver. „Die Polizei setzt jedenfalls ihren ganzen Apparat für uns in Bewegung."

Keine Nachricht von Jana

Morgens um elf ist die Briefträgerin die begehrteste Frau in der Schmiedestraße. Aber alles, was sie für die Hausnummer 37 abliefert, kommt bei Nick nicht gut an. Er spürt so was wie Wut. Wütend ist er am meisten über sich selbst, weil er so verrückt ist, Tag für Tag auf ein Zeichen von Jana zu warten. Jedes Mal, wenn nichts für ihn dabei ist, zieht er sich in sein Zimmer zurück, wirft seinen CD-Player an und dröhnt sich die Ohren voll.

Irgendwann vernimmt er die Stimme seiner kreischenden Schwester vor seiner Zimmertür und zuckt zusammen.

„He, Nicky, wer ist das? Bestimmt deine geliebte Jana aus Fuerteventura", ruft Carmen. „Der komplette Wahnsinn!"

Endlich! Typisch Jana. Statt zu schreiben, hängt sie jetzt an einem Handy. *International Call* for Nick Thon in Germany.

„Ja?"

Es ist nicht Jana.

„Hallo, Nick", sagt Katrin. „Langeweile?"

„Ich? Wegen der Ferien? Eigentlich nicht."

„Ich dachte, wir könnten uns mal treffen."

„Keine schlechte Idee. Morgen?"

„Nein, heute noch. Also dann um drei am Busbahnhof. Ich komme allerdings mit dem Fahrrad."

Den Telefonhörer legt Nick ganz langsam auf. Verwundert fragt er sich, ob Katrin ihn vielleicht mit einem anderen verwechselt. Oder sie ist es, die Langeweile hat. Bestimmt. Schau'n wir mal. Einen Grund wird sie jedenfalls haben.

Am Vormittag hat es einen kräftigen Regenschauer gegeben. Jetzt sind die Straßen wieder trocken. Die Sonne scheint zwar nicht, aber die Luft ist wunderbar warm.

Am Busbahnhof halten sie sich nicht lange auf. Über die Friedhofsallee geht es zur Trabrennbahn. Katrins Vorschlag, dem sich Nick ohne lange Überlegung anschließt. Er radelt nicht neben, sondern hinter ihr her, weil ihnen ab und zu auf dem schmalen Weg Radfahrer entgegenkommen.

Sie sieht verdammt gut aus, findet Nick. Grau-schwarz gemusterte Leggings, und unter einer schwarzen Lackweste trägt sie eine weiße Bluse, deren untere Hälfte beim Radfahren aufgeregt flattert. Eigentlich hat er sie nie so genau wie jetzt betrachtet.

Kurz vor der Trabrennbahn bleibt Katrin stehen und sieht sich nach Nick um.

„Mit neun hatte ich ein paar Stunden Reitunterricht", sagt sie, „und an den Wochenenden bin ich mit meinem Papa hierher zum Trabrennen gegangen. Ihm und seinen Freunden ging es hauptsächlich ums Wetten. Richtige Zocker."

Während Katrin von den Rennpferden erzählt, schieben sie ihre Räder. Es geht an einer Koppel vorbei, auf der ein Dutzend Pferde grast.

„Ach, komm, wir gönnen uns eine Pause."

Ehe Nick antworten kann, lehnt Katrin bereits ihr Fahrrad an einen Zaun und sucht einen günstigen Rastplatz.

„Hier? Ich weiß nicht – "

Weil Katrin bereits im Gras sitzt, lässt sich Nick neben ihr nieder. Katrin rückt näher an ihn heran und sieht auf seine rechte Schulter. Vorsichtig nimmt sie eine kleine grüne Raupe von seinem Polohemd. Bevor sie die Raupe ins Gras legt, lächelt sie ihn an. Das tut Nick verflixt gut.

„Danke. Kann ich mich revanchieren?“
„Versuch es mal.“
Mit Feuereifer sucht er Katrins Bluse und Weste ab.
„Leider nichts zu entdecken“, stellt Nick fest.
Sie sehen den Pferden zu, die ab und zu ihre Köpfe heben und ein paar Schritte weitertraben.
„Schön, dass wir mal allein sein können“, sagt Katrin und lehnt sich an ihn. „Ich meine, wir zwei, du und ich.“
Nick findet, dass Katrin mindestens so gut aussieht wie Jana, und sie ist noch ein bisschen netter. Nein, nicht netter. Cooler, spannender. Und überhaupt: sie ist nicht verreist, sie ist jetzt da, ganz nah.
Nick kann nicht anders, er legt einen Arm um Katrin, zieht sie an sich und drückt ihr einen Kuss auf den Mund. Sie hat volle, weiche Lippen. Nick spürt, dass sein Überraschungskuss von ihr heftig erwidert wird.

„Du weißt, ich bin nachmittags immer allein zu Hause“, sagt Katrin später, nachdem sie eine Zeit lang ihre Schuhe angestarrt hat. „Weil meine Eltern berufstätig sind.“
Nick erschrickt ein wenig, denn er fürchtet, jetzt mit Haut und Haaren von ihr in Besitz genommen zu werden. Aber Katrin macht ein überaus ernstes Gesicht und sieht ihn nicht an wie eine Verliebte. Sie spricht in einem so ruhigen Ton weiter, als hätte sie lange darüber nachgedacht, was sie Nick hier und jetzt klarmachen möchte.
„Am Nachmittag klingelt bei mir oft das Telefon. Manchmal sind fremde Menschen dran. Aber jetzt hat sich bei mir schon zum vierten Mal ein Mann gemeldet, der eine Menge von mir und meinen Eltern weiß und der sich unbedingt mit mir treffen will.“

Das ist es also! Nick, der ganz entspannt den Pferden zugesehen hat, wagt Katrin gar nicht anzusehen. Er möchte sie nicht von ihrem Vorhaben abbringen, ihn in etwas Geheimnisvolles einzuweihen. Es könnte sein, dass sie ihm noch eine Menge zu erzählen hat.
„Seine Anrufe sind immer – wie soll ich mich ausdrücken – bedrohlicher geworden. Er weiß, wo ich wohne und will den Kontakt intensivieren, wie er sagt. Er muss mich sehen, sonst weiß er nicht mehr weiter."
Unwillkürlich ergreift Nick Katrins verschwitzte Hand, während er tief Luft holt. Mit seinem Händedruck möchte er ihr Kraft geben, vielleicht auch sich selbst, denn irgendwie fühlt er sich hilflos.
„Ich weiß nicht, was ich machen soll", gesteht Katrin.
„Aber deine Eltern – was sagen die denn dazu?"
„Nichts, sie wissen nämlich überhaupt nichts davon. Ich kann es ihnen nicht sagen. Sie würden krank vor Angst."
Tausend Gedanken wirbeln Nick durch den Kopf. Er hat Probleme, sie zu sortieren.
„Meine Mutter würde sofort ihren Job aufgeben", erklärt Katrin, „und mich auf Schritt und Tritt bewachen."
„Was will der Kerl von dir, dieser Mister X?", fragt Nick.
Katrin antwortet nicht sofort. Mit dem Rücken lehnt sie sich an einen Holzbalken des Pferdezauns und blickt in den Himmel. Dann erst fährt sie fort:
„Er will mich sehen. Ich erinnere ihn an seine Tochter. Er ist geschieden und hat sie seit Jahren nicht mehr gesehen. Er würde sich etwas antun, wenn ich ihm einen Korb gebe."
„Ehrlich? Und was willst du?" – „Eigentlich nur erfahren, ob er ein harmloser Irrer oder echt gefährlich ist. Und ich würde mich freuen, wenn du mir dabei hilfst."

Bei ihrem letzten Satz hat Katrin Nicks Gesicht mit beiden Händen ergriffen und schaut ihm in die Augen. Nick weicht ihrem Blick nicht aus, obwohl er seine Augen ein wenig zusammenkneift.
„Du, die Geschichte mit Mister X ist eine Nummer zu groß für uns."
„Aber es kann doch alles ganz harmlos sein."
„Ich hab so ein komisches Gefühl …"
Katrin lässt ihn gar nicht ausreden. Sie hat sich vor Nick hingekniet und umfasst seine Schultern.
„Bitte! Du bist der Einzige, dem ich diese Sache anvertraue."
„Ja …"
„Danke!"
Dann drückt sie ihm einen Kuss auf den Mund. Nick nimmt ihren Raucheratem wahr. Er legt seine Arme um sie. Er spürt ihre Brüste, die sich gegen seinen Körper drücken. Jetzt meint er zu wissen, wie man sich als glücklichster Mensch auf der Welt fühlt.

Wieder keine Nachricht von Jana. Nicks Frust hält sich inzwischen in Grenzen. Auf unerwartete Weise ist die erste Ferienwoche ganz schön aufregend geworden.
Katrin hat sich mit Mister X im ‚Tartüff' verabredet, denn da kennt sie sich aus. Um siebzehn Uhr dreißig. Vorher kann der Unbekannte nicht erscheinen, wie er am Telefon erklärt. Selbstverständlich hat sie Nick eingeweiht. Sie treffen sich eine Stunde vorher, um alle Einzelheiten noch einmal durchzugehen. Auf dem Weg zum ‚Tartüff' hat sich Nick bereits nach allem umgeschaut, was verdächtig hätte sein können. Trotz größter Aufmerksamkeit ist ihm nichts Außergewöhnliches aufgefallen.

Katrin trägt einen schwarzen Overall. Die Ärmel hat sie sich hochgekrempelt, sodass ihre braunen Arme besonders zur Geltung kommen. Um den Hals trägt sie ein schwarz-weiß gemustertes Tuch.
Nick findet, Katrin sieht viel zu gut aus. Er deutet auf das Halstuch.
„Das Erkennungszeichen?"
„Nicht nötig, er weiß ja, wer ich bin. Wenn nicht, dann hat er gelogen. Das bedeutet: Pech für ihn."
Nick hat sein bescheidenes Handwerkszeug dabei: Fernglas, Fotoapparat, Sonnenbrille und Notizblock. Er wird sich im hinteren Bereich des ‚Tartüff' aufhalten, ganz unauffällig. Sie sitzen etwa zehn Meter auseinander, jeder an einem runden Bistrotisch mit Marmorplatte. Mit direktem Blickkontakt.
„Bloß keine Panik. Vergiss nicht, ich bin immer bei dir, zumindest ganz in deiner Nähe", versichert er Katrin.
Sie wirkt plötzlich sehr nervös, gar nicht mehr so zuversichtlich wie vorher. Nick beißt die Zähne aufeinander. Im letzten Moment ergreift auch ihn die Angst vor der eigenen Courage.

Er erscheint mit einer zehnminütigen Verspätung, geht zielstrebig auf Katrin zu und verbeugt sich kurz, bevor er Platz nimmt. Wie verabredet, bekommt er den Sitzplatz gegenüber von Katrin. Demzufolge dreht er Nick den Rücken zu. Während er mit Katrin redet, schaut er sich unauffällig um. Eigentlich sieht er ganz und gar harmlos aus. Sehr schlank und reichlich groß. Jeans und ein buntes Flanellhemd. Krause, blonde Haare, eine beginnende Stirnglatze. Links trägt er einen kleinen Ohrring.
Katrin hört ihm zu. Sie wirkt ziemlich aufgeregt. Ihre Lippen

bewegt sie nur, um ganz kurze Sätze loszuwerden. Ihr Gesicht ist nicht unfreundlich, signalisiert aber eine gewisse Distanz.
Nick hat seine Sonnenbrille aufgesetzt. Sie trübt ein wenig die Sicht. Aber das, was sich an Katrins Tisch abspielt, ist gut zu erkennen. Nick reibt seine Hände, knetet seine Finger. Sie sind eiskalt.
Elena, die Kellnerin, nimmt eine Bestellung auf. Kurz darauf stellt sie zwei orangefarbene Getränke auf Katrins Tisch. Nick nippt an seinem Mineralwasser. Der Mann bietet Katrin eine Zigarette an. Beide rauchen.
Die Zeit vergeht. Der Mann redet und redet und redet. Zweimal lacht ihn Katrin an. Nick registriert das mit wachsender Sorge.

Wie abgesprochen, erhebt sich Katrin nach einer halben Stunde und geht zur Toilette. Nick folgt ihr, nachdem er sich versichert hat, dass Mister X nicht in seine Richtung schaut. Im Vorraum, der zu den Toiletten führt, wartet Katrin.
„Was ist los?“
„Ein lieber, armer Teufel. Erzählt dauernd von seiner Tochter und seiner geschiedenen Frau. Mich würde nicht wundern, wenn er gleich in Tränen ausbricht. Ätzend!“
„Ich habe trotzdem ein komisches Gefühl“, flüstert Nick und fuchtelt mit seiner Sonnenbrille herum.
„Er ist Gebietsleiter bei einer Firma, die Tiefkühlkost frei Haus liefert“, berichtet Katrin, so schnell es geht. „Manchmal begleitet er einen Auslieferungsfahrer, und bei der Gelegenheit hat er mich gesehen.“
Katrin öffnet die Tür auf der rechten Seite, die zur Damentoilette führt.

„Okay, bloß nichts riskieren!", flüstert Nick ihr nach. „Ich beziehe wieder meinen Beobachtungsposten."
Als Nick die Tür zum Saal aufdrückt, steht der Mann plötzlich vor ihm. Er ist mindestens einen Kopf größer als Nick. Mit einem Blick versucht er sich einen Überblick zu verschaffen, geht dann zur Männertoilette.
Puh, das ist noch mal gut gegangen. Ein paar Sekunden lang hat Nick die Luft angehalten. Er verzichtet darauf, sich die Sonnebrille wieder auf die Nase zu stülpen.
Als Katrin den Raum betritt und den leeren Tisch wahrnimmt, bleibt sie verdutzt stehen. Sie macht ein paar unsichere Schritte auf Nick zu, der die Stirn kraus zieht und seinen Kopf schüttelt. Im gleichen Augenblick erscheint der Mann wieder. Zum Glück erfasst Katrin die Situation und steuert brav ihren Tisch an. Mister X würdigt Nick keines Blicks. Puh, das hätte schief gehen können!
Und wieder redet und redet der Mann auf Katrin ein. Inzwischen haben sie eine Menge Zigaretten verqualmt. Elena stellt zwei weitere Getränkegläser vor den beiden ab, sodass sich Nick gezwungen sieht, ebenfalls eine neue Bestellung aufzugeben. Allmählich beginnt er sich zu langweilen. Er bekritzelt seinen Notizblock. Nach einiger Zeit merkt er, dass er dabei ist, Mister X zu malen. Er verpasst ihm eine hässliche Fratze und schaut sich dann nach den anderen Gästen um. Es ist kein interessanter Kopf für ein Porträt dabei.
Plötzlich erhebt sich Katrin, und der Mann steht auf und wirft einen Zwanzigmarkschein auf den Tisch. Bevor Nick reagieren kann, haben die beiden das Lokal verlassen.
Mensch, Katrin, das verstößt gegen unsere Absprache!
In Windeseile fummelt Nick sechs Mark aus seiner Hosentasche, wirft sie auf den Tisch und rennt hinter Katrin her.

Nichts zu sehen. Weder auf dem Parkplatz, noch auf der Straße. Dann hört Nick, wie ein Automotor angelassen wird. Hundert Meter weiter setzt ein dunkelgrünes Cabrio zurück. Katrin ruht auf dem Beifahrersitz, einen Arm lässig auf den Türrahmen gelehnt. Das Auto hat rote Kennzeichen. Nicht alle Zahlen sind zu lesen.
„Bist du wahnsinnig!“, flüstert Nick und rennt um die Ecke, wo er sein Fahrrad in eine Hecke geschoben hat.
Wie wild strampelt er los, muss aber schnell feststellen, dass er jetzt schon abgehängt ist. Trotzdem tritt er kraftvoll in die Pedale. Ihm bleibt einfach nichts anderes übrig.
Oh, Katrin, Katrin …
Die Straße führt zur Realschule, Janas Schule also. Vor der Schule macht die Straße einen rechtwinkligen Schwenk. Rechts geht es eine langgezogene Anhöhe hinauf und dann zum Stadtwald. Oh, Katrin, Katrin …
Nick saust an der Schule vorbei, an den wenigen Häusern, die sich anschließen, biegt rechts ab und kämpft sich den Berg hinauf, der steiler ist als jemals angenommen. Da hilft auch keine Fünfgangschaltung. Unterwegs blickt er auf die Fußwege, die von der Straße in den Wald führen. Nichts. Kein Auto, keine Menschenseele.
Warum nur? Katrin, was hat das zu bedeuten?
Eine innere Stimme stellt immer neue Fragen, während Nick allmählich die Kräfte verlassen. Keuchend erreicht er die Anhöhe. Kurz dahinter beginnt der Stadtwald. Es geht ein wenig bergab, sodass das Fahrrad wieder Schwung bekommt. Die Fahrbahn ist feucht, am Rand sogar glitschig. Die Laubbäume bilden fast ein Dach für die Straße. Nick zwingt sich dazu, auf den Boden zu schauen, um nicht im Halbdunkel des Waldes auszurutschen und zu stürzen.

Dann zieht er die Bremsen, bleibt stehen. Umkehren, die Polizei verständigen. Aber was ist überhaupt passiert? Nick keucht und hustet. Sein Magen rebelliert. Er hat das Gefühl, sich übergeben zu müssen.

Katrin, wo soll ich dich denn suchen?

Nick schwingt sich wieder auf den Sattel, lässt sein Fahrrad abwärts rollen. Kurz vor der nächsten Rechtskurve tritt er entschlossen in die Pedale und erhöht die Geschwindigkeit. Er surrt um die Kurve, bremst abrupt und mit aller Kraft.

„Katrin!“

Sie kommt ihm entgegen, vornübergebeugt, sie taumelt am Straßenrand entlang. Ihr Overall ist an den Knien aufgerissen, die Ärmel hängen herab, das Halstuch fehlt.

Nick lässt sein Rad auf die Fahrbahn knallen und fängt Katrin auf. Sie weint nicht, sie zittert nur und hält sich mit ihren verschmutzten Händen an Nick fest.

„Dieses Schwein“, flucht sie dann. „Dieses verdammte miese Schwein!“

„Was ist passiert?“

Katrin schüttelt den Kopf. Sie geht ein Stück in den Wald und setzt sich auf den mit Tannennadeln übersäten Boden. Nick hockt sich daneben, legt einen Arm um sie. Ein Auto hupt auf der Straße, weil dort Nicks Fahrrad liegt.

„Was hat er mit dir gemacht?“

Katrin schüttelt immer noch den Kopf. Das Zittern hat noch nicht aufgehört.

„Dieses Schwein“, sagt sie wieder. „Dieser widerliche Kotzbrocken!“

„Warum bist du zu ihm ins Auto gestiegen? Warum? Wir hatten doch …“

Katrin beginnt zu heulen, schluchzt, während sie ihr Gesicht

auf ihre verkratzten Knie legt. An einem Stück von ihrem Ärmel wischt sie dann ihre Nase ab. Nick merkt, dass er ihr Zeit lassen muss.
Er rennt zur Straße und zieht sein Fahrrad von der Fahrbahn. Es rutscht in den Graben neben der Straße.
Als Nick in die Knie geht, um Katrin wieder in den Arm zu nehmen, hebt sie den Kopf und versucht ein Lächeln.
„Aber er hat es nicht geschafft, dieser miese Hund. Ich konnte ihm entkommen, hab mich vorher aus dem Auto fallen lassen."
Nick drückt ihren Kopf gegen seine Schulter. Allmählich wird Katrin ruhiger. Sie möchte rauchen, aber Nick kann nicht mit Zigaretten dienen.
„Warum nur bist du mitgefahren?"
„Er hat mich böse hereingelegt, eingewickelt mit seinen erfundenen Geschichten."
Nick wartet ab. Er streichelt ihre Arme. Katrin lehnt ihren Kopf zurück und schaut in die Tannen.
„Ich bin zu blöd", sagt sie. „Bin auf ihn hereingefallen. Er hat gesagt, dass er sich ein neues Auto kaufen will. Diesen grünen BMW. Er hat damit eine Probefahrt gemacht. Plötzlich ist ihm eingefallen, dass er den Wagen unbedingt um halb sieben bei dem Händler abliefern muss. Pünktlich. Er hat mich gebeten, ihn zu begleiten. Kleine Spritztour und dann ab zu dem BMW-Händler. Zu blöd, ich hab das nicht durchschaut."
„Sein Auto hatte rote Kennzeichen", sagt Nick. „Die hat er vielleicht über dem normalen Schild angebracht. Zur Tarnung. Der Kerl hat genug Erfahrung."
„Ich bin wirklich zu blöd. Hätte ich mir denken können. Schon nach den ersten hundert Metern im Wald wurde er

zudringlich, hielt an und ging mir an den Hals. Ich hab geschrien. Dann gab er Gas. Hinein in den Seitenweg."
Katrin hält inne, beginnt zu weinen, verbirgt ihr Gesicht zwischen ihren Knien. Wieder benutzt sie ihre Ärmel als Taschentuch.
„Wir müssen zur Polizei", bestimmt Nick.
„Dann erfahren es alle. Ich schäme mich so. Besonders vor meinen Eltern. Das kann ich ihnen nicht antun."
„Der Mann ist gefährlich", gibt Nick zu bedenken. „Wenn er nicht geschnappt und eingesperrt wird, kann er immer so weitermachen."
Katrin erhebt sich. So gut es geht, zieht sie ihren Overall zurecht. Nick sucht noch einmal nach einem Taschentuch und findet es schließlich. Behutsam beginnt er Katrins Schürfwunden zu reinigen. Mehrere Male stöhnt Katrin auf. Sie nickt ihm aber aufmunternd zu.
Nick holt sein Fahrrad aus dem Graben und schiebt es in ein Dickicht. Dann stellt er sich an den Straßenrand und wartet als Anhalter auf ein Auto.

„Haben wir uns nicht schon mal gesehen?", fragt die Kriminalbeamtin. Nick nickt bestätigend. Auch er kann sich an sie erinnern. Anke Martini, Zweites Kommissariat.
„Das war doch die Sache mit dem Kakadu", sagt die Kommissarin.
Zusammen mit ihrem Kollegen hört sie sich Katrins Leidensbericht an und macht sich mehrmals Notizen.
„Bodenloser Leichtsinn", sagt sie, als Katrin fertig ist. „Immerhin hattest du noch viel Glück bei dem Geschehen."
„Inzwischen weiß ich das leider nur zu genau", entgegnet Katrin.

„Uns geht es darum, dem Kerl endlich das Handwerk zu legen“, erklärt Frau Martinis Kollege. „Er benutzt immer wieder die gleiche Masche.“
Der Beamte geht in ein Nebenzimmer und kommt mit einer schwarzen Mappe zurück. Katrin soll sich einige Fotos von einschlägig vorbestraften Männern ansehen, Nick selbstverständlich auch.
„Vielleicht ist er hier abgebildet.“
Langsam blättert der Kriminalbeamte die Seiten um, auf denen Männer aller Altersklassen in die Kamera starren.
Nein, sie haben niemanden erkannt. Der Beamte klappt die Bildmappe zu.
„Schade“, sagt er.
„Wegen des *Modus operandi,* der immer gleichen Vorgehensweise des Täters, haben wir noch eine Chance“, meint die Kommissarin dann. „Ich habe ein Telebild angefordert.“
Sie verlässt den Raum . Katrin kann sich kaum noch auf den Beinen halten, und auch Nick ist mit seinen Kräften am Ende. Am liebsten würden sie sich in Luft auflösen.
Die Kommissarin kommt wieder herein. Sie schwenkt mehrere Blätter Papier. Auf einem der Blätter ist ein Männerkopf abgebildet. Nick hat den Mann sofort erkannt.
„Ja, das ist er. Tausendprozentig.“
Katrin braucht nur einen kurzen Blick auf das Foto zu werfen, um Nicks Aussage zu bestätigen.
„Dann hat der heutige Vorfall doch noch etwas halbwegs Positives bewirkt“, stellt die Kommissarin fest. „Ich fahre euch nach Hause und veranlasse die Fahndung nach dem Mann. Wir sehen uns in den nächsten Tagen wieder.“
Als Katrin und Nick in dem Polizeiauto sitzen, befällt sie die große Müdigkeit.

„Dass der Tag so endet, hätte ich nie gedacht“, sagt Nick. Bevor Katrin aussteigt und in Begleitung der Kommissarin zu ihrem Wohnhaus geht, drückt sie Nick einen Kuss auf die Wange.

„Danke, kleiner Schimmi!“